CB072169

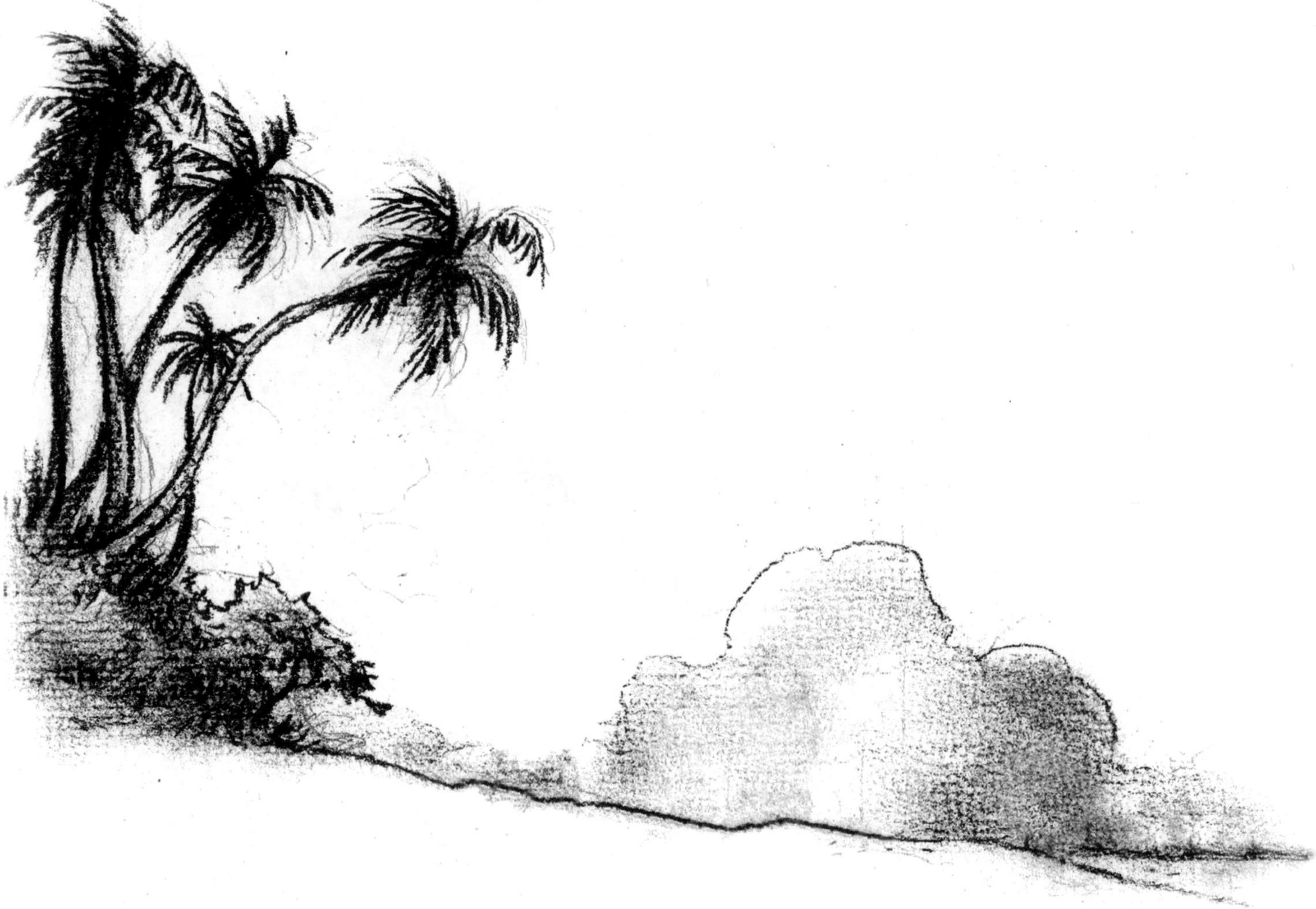

Lendas e Mitos
DO BRASIL

ILUSTRAÇÕES DE RODRIGO ROSA

THEOBALDO MIRANDA SANTOS

IBEP

Lendas e Mitos do Brasil © Theobaldo Miranda Santos, 2004
© IBEP, 2013

Presidente	Jorge A. M. Yunes
Diretor superintendente	Jorge Yunes
Diretora de projetos	Beatriz Yunes Guarita
Gerente editorial	Antonio Nicolau Youssef
Editor	Mauro Aristides
Assistente editorial	Lúcia Passafaro Peres
Revisores	Edgar Costa Silva
	Fernando Mauro S. Pires
Editora de arte	Sabrina Lotfi Hollo
Assistentes de arte	Juliana Dias Harrison
	João Batista de Macedo Júnior
Ilustrador	Rodrigo Rosa

CIP-BRASIL. CATALOGAÇÃO-NA-FONTE
SINDICATO NACIONAL DOS EDITORES DE LIVROS, RJ

S239L

Santos, Theobaldo Miranda, 1904-1971.
  Lendas e mitos do Brasil / Theobaldo Miranda Santos ; ilustração Rodrigo Rosa. - 1. ed. - São Paulo : IBEP, 2013.
  128 p. : 21 cm

  ISBN 978-85-342-3596-9

  1. Lendas - Brasil - Literatura infantojuvenil. 2. Literatura infantojuvenil brasileira. I. Rodrigo, Rosa, 1972-. II. Série.

13-0088.	CDD: 808.899282
	CDU: 82-93
09.01.13 11.01.13	042047

1ª edição – São Paulo – 2013
Todos os direitos reservados

IBEP   **abdr** ASSOCIAÇÃO BRASILEIRA DE DIREITOS REPROGRÁFICOS

R. Gomes de Carvalho, 1306 - 11º andar - Vila Olímpia
São Paulo – SP – 04547-005 – Brasil - Tel.:(11) 2799-7799
https://editoraibep.com.br/ – atendimento@grupoibep.com.br

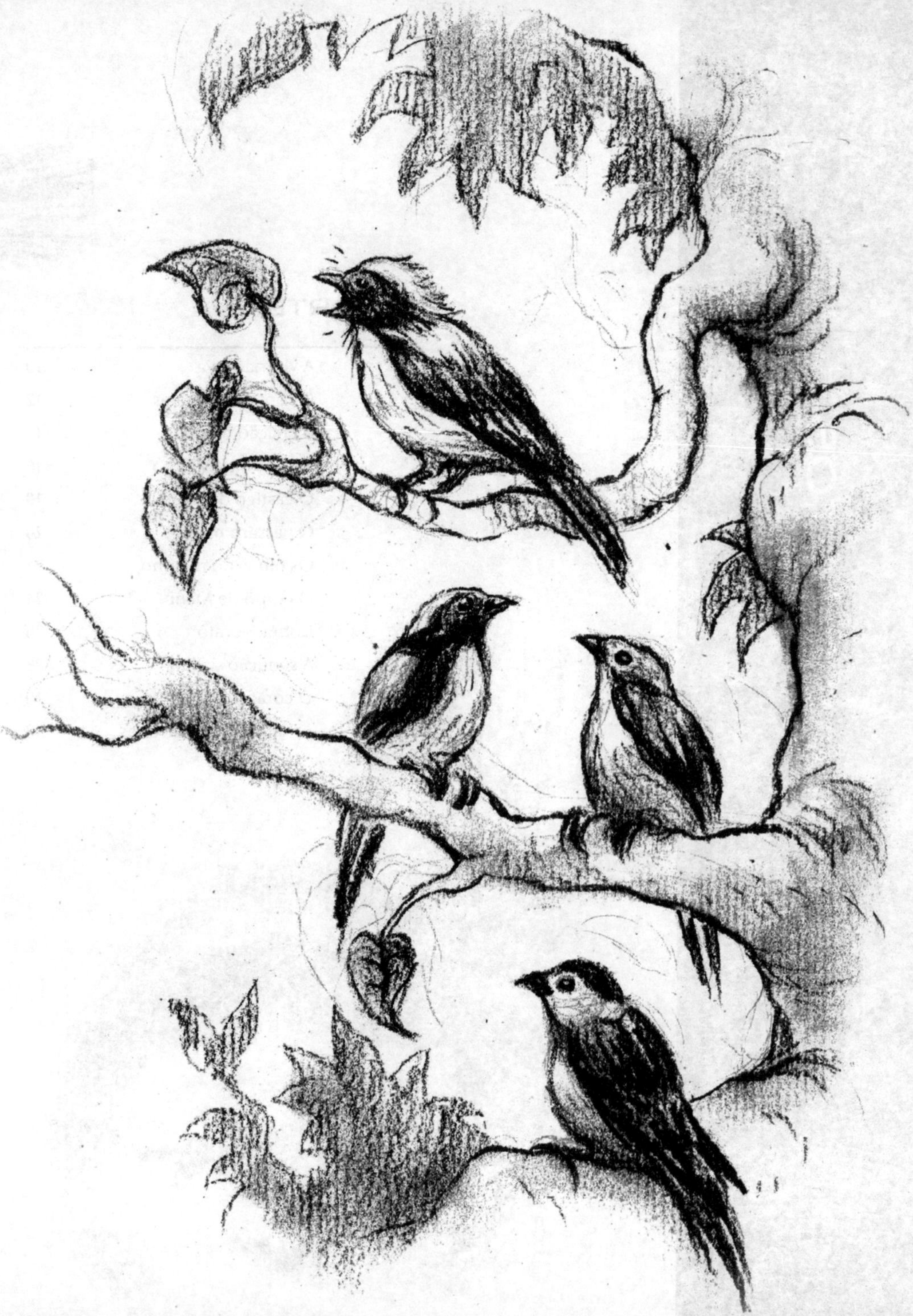

1 Norte

A vitória-régia	10
O cantor das matas	12
A criação da noite	14
O mistério do boto	16
O castigo do japim	18
O pássaro mágico	20
Os olhos do menino	22
O corpo de Mani	24
Cobra-Norato	26
A sedução da Iara	28
O coração do Curupira	30
As mulheres guerreiras	32

2 Nordeste

O Barba Ruiva	36
A cidade encantada	38
O carro caído	40
O pecado da solha	42
O engenho mal-assombrado	44
Senhor do Corpo-Santo	46
A semente de Sacaibu	48
A morte de Zumbi	50
O poder da Caipora	52
O sertanejo e o lobisomem	54

3 Leste[1]

O filho do trovão	58
O sonho de Paraguaçu	60
O caboclo-d'água	62
O segredo de Robério Dias	64
O auxílio de São Sebastião	66
Nossa Senhora da Glória	68
O gigante de pedra	70
O ouro de Minas Gerais	72
A descoberta dos diamantes	74
A história de Chico Rei	76
Os tatus brancos	78
A ingratidão dos tamoios	80
A vingança de Anhangá	82

4 Sul

Milagre de Anchieta	86
Virgem Aparecida	88
O Caçador de Esmeraldas	90
O crime do bandeirante	92
A gralha-azul e os pinheiros	94
A dança dos tangarás	96
Como nasceram as cataratas	98
O sacrifício de Nhara	100
A erva maravilhosa	102
As diabruras do Saci	104
O lagarto encantado	106
O Negrinho do Pastoreio	108
O mistério do Boitatá	110

5 Centro-Oeste

A astúcia de Anhanguera	114
O moleque amaldiçoado	116
A origem das estrelas	118
As lágrimas de Potira	120
A velha gulosa	122
A mula sem cabeça	124
A Mãe do Ouro	126

[1] De 1941 a 1969, a divisão regional do Brasil reconhecia a existência da região Leste. Com o seu desaparecimento, Bahia e Sergipe passaram a integrar a região Nordeste. A região Sul deixou de incorporar São Paulo, que, com Espírito Santo, Rio de Janeiro e Minas Gerais, passou a constituir a região Sudeste.

NORTE

LENDAS E MITOS

1

A VITÓRIA-RÉGIA	10
O CANTOR DAS MATAS	12
A CRIAÇÃO DA NOITE	14
O MISTÉRIO DO BOTO	16
O CASTIGO DO JAPIM	18
O PÁSSARO MÁGICO	20
OS OLHOS DO MENINO	22
O CORPO DE MANI	24
COBRA-NORATO	26
A SEDUÇÃO DA IARA	28
O CORAÇÃO DO CURUPIRA	30
AS MULHERES GUERREIRAS	32

A VITÓRIA-RÉGIA

Era uma noite de luar. As estrelas brilhavam no céu como diamantes. E a Lua iluminava a Terra com seus raios prateados. Um velho cacique, fumando seu cachimbo, contava às crianças as histórias maravilhosas de sua tribo. Ele era também feiticeiro e conhecia todos os mistérios da natureza. Um dos curumins que o ouviam perguntou ao velho de onde vinham as estrelas que luziam no céu. E o cacique respondeu:

— Eu as conheço todas. Cada estrela é uma índia que se casou com a Lua. Não sabiam? A Lua é um guerreiro belo e forte. Nas noites de luar, ele desce à Terra para se casar com uma índia. Aquela estrela que estão vendo é Nacaíra, a índia mais formosa da tribo dos maués. A outra é Janã, a flor mais graciosa da tribo dos aruaques. A respeito disso, vou contar a vocês uma história que aconteceu, há muitos anos, em nossa tribo. Prestem atenção:

Havia, entre nós, uma índia jovem e bonita, chamada Naiá. Sabendo que a Lua era um guerreiro belo e poderoso, Naiá por ele se apaixonou. Por isso, recusou as propostas de casamento que lhe fizeram os jovens mais fortes e bravos de nossa tribo.

Todas as noites, Naiá ia para a floresta e ficava admirando a Lua com seus raios prateados. Às vezes, ela saía correndo através da mata, para ver se conseguia alcançar a Lua com seus braços. Mas esta continuava sempre afastada e indiferente, apesar dos esforços da índia para atingi-la.

Uma noite, Naiá chegou à beira de um lago. Viu nele, refletida, a imagem da Lua. Ficou radiante! Pensou que era o guerreiro branco que amava. E, para não perdê-lo, lançou-se nas águas profundas do lago. Coitada! Morreu afogada.

Então a Lua, que não quisera fazer de Naiá uma estrela do céu, resolveu torná-la uma estrela das águas. Transformou o corpo da índia numa flor imensa e bela. Todas as noites, essa flor abre suas pétalas enormes, para que a Lua ilumine sua corola rosada.

Sabem qual é essa flor? É a vitória-régia!

O Cantor das Matas

O uirapuru é o cantor das florestas amazônicas. É um pássaro que tem um canto tão lindo, tão melodioso, que os outros pássaros ficam quietos e silenciosos, só para ouvi-lo. O uirapuru tem a cor verde-oliva e a cauda avermelhada. Quando começa a cantar, toda a mata parece emudecer para ouvir seus gorjeios maravilhosos.

Por isso, os sertanejos acham que esse pássaro é um ser sobrenatural. Aliás, uirapuru quer dizer "pássaro que não é pássaro". Depois de morto, seu corpo é considerado um talismã, que dá felicidade a quem o possui.

A lenda do uirapuru é interessante. Dizem que, no Sul do Brasil, havia uma tribo de índios cujo cacique era amado por duas moças muito bonitas. Não sabendo qual escolher, o jovem cacique prometeu casar-se com aquela que tivesse melhor pontaria. Aceita a prova, as duas índias atiraram as flechas, mas só uma acertou o alvo. Essa casou-se com o chefe da tribo.

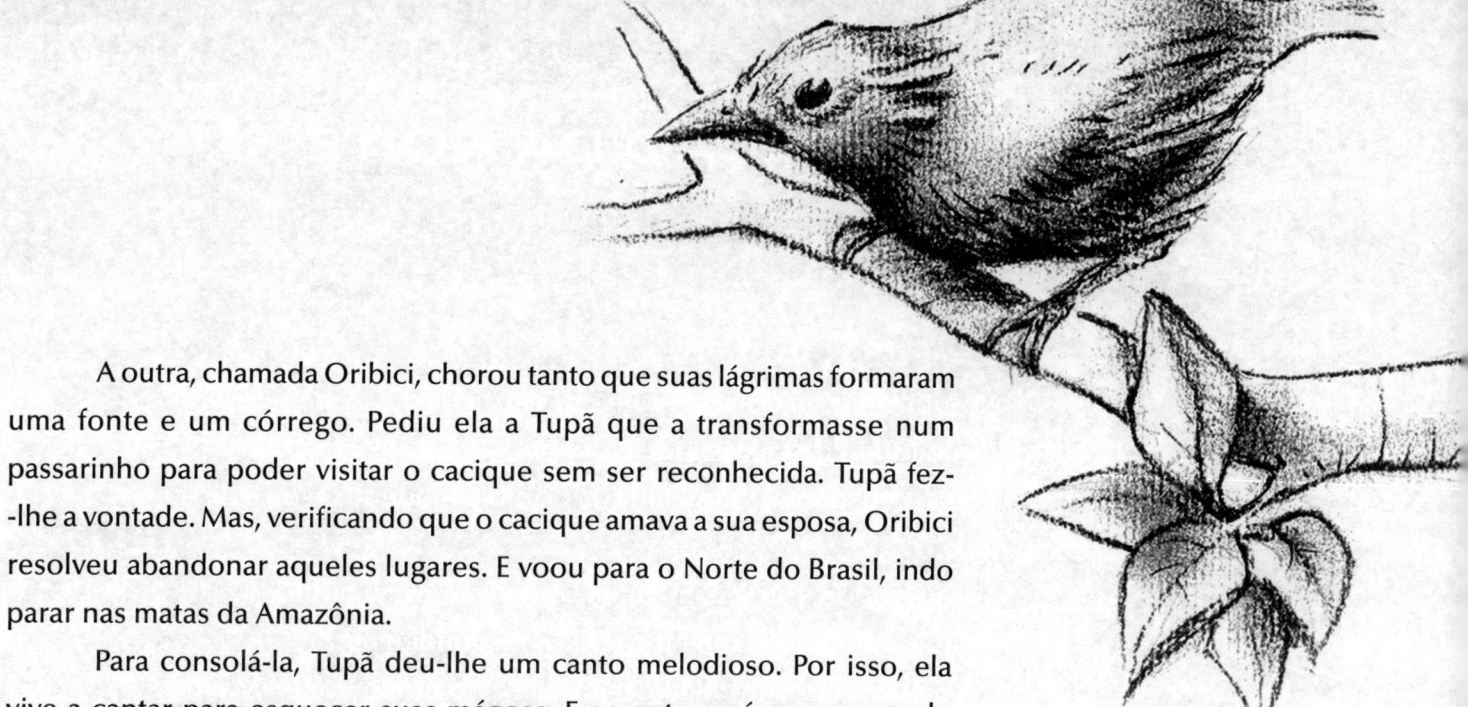

A outra, chamada Oribici, chorou tanto que suas lágrimas formaram uma fonte e um córrego. Pediu ela a Tupã que a transformasse num passarinho para poder visitar o cacique sem ser reconhecida. Tupã fez-lhe a vontade. Mas, verificando que o cacique amava a sua esposa, Oribici resolveu abandonar aqueles lugares. E voou para o Norte do Brasil, indo parar nas matas da Amazônia.

Para consolá-la, Tupã deu-lhe um canto melodioso. Por isso, ela vive a cantar para esquecer suas mágoas. E os outros pássaros, quando encontram o uirapuru, ficam calados, para ouvir suas notas maviosas.

Um poeta brasileiro exprimiu sua admiração pelo canto do uirapuru nestes versos:

O que mais no fenômeno me espanta
É ainda existir um pássaro no mundo
Que fique a escutar quando outro canta![2]

---

[2] "O Irapuru", de Humberto de Campos (1886-1934).

A CRIAÇÃO DA NOITE

No princípio, não havia noite. Só existia o dia. A noite estava guardada no fundo das águas.

Aconteceu, porém, que a filha da Cobra-Grande se casou e disse ao marido:

– Meu marido, estou com muita vontade de ver a noite.

– Minha mulher, há somente o dia – respondeu ele.

– A noite existe, sim! Meu pai guarda-a no fundo do rio. Mande seus criados buscá-la.

Os criados embarcaram numa canoa e partiram em busca da noite. Chegando à casa da Cobra-Grande, transmitiram-lhe o pedido da filha.

Receberam então um coco de tucumã, com o seguinte aviso:

– Muito cuidado com este coco. Se ele se abrir, tudo ficará escuro e todas as coisas se perderão.

No meio do caminho, os criados ouviram, dentro do coco, um barulho assim: xé-xé-xé... tém-tém-tém... Era o ruído dos sapos e grilos, que cantam de noite. Mas os criados não sabiam disso e, cheios de curiosidade, abriram o coco de tucumã. Nesse momento, tudo escureceu.

A moça, em sua casa, disse ao marido:

– Seus criados soltaram a noite. Agora, não teremos mais dia, e todas as coisas se perderão.

Então, todas as coisas que estavam na floresta se transformaram em animais e pássaros. E as coisas que estavam espalhadas pelo rio transformaram-se em peixes e patos.

O marido da filha da Cobra-Grande ficou espantado. E perguntou à esposa:

– Que faremos? Precisamos salvar o dia!

A moça arrancou, então, um fio dos seus cabelos, dizendo:

– Não tenha receio. Com este fio vou separar o dia e a noite. Feche os olhos... Pronto!... Agora, pode abrir os olhos. Repare: a madrugada já vem chegando. Os pássaros cantam, alegres, anunciando o sol.

Mas, quando os criados voltaram, a filha da Cobra-Grande ficou furiosa. E os transformou em macacos, como castigo pela sua infidelidade.

Assim nasceu a noite.

O MISTÉRIO DO BOTO

Para os índios da Amazônia, o Uauiara é o deus dos rios e o protetor dos peixes. Ele se apresenta sob a forma de um boto. Quando descobre uma índia jovem e bonita, transforma-se logo num belo rapaz e procura dela se aproximar.

Para isso, entoa lindas canções. As índias não resistem ao seu canto maravilhoso e acompanham o boto, que as arrasta para o fundo dos rios. Nas noites de luar, os botos se reúnem, à margem dos igarapés, para cantarem e dançarem.

Dizem que uma formosa índia casara-se com um guerreiro desconhecido. Dele tivera um filho. Um dia, notou que seu marido tinha uma cauda de peixe, escondida sob a tanga de penas. Ficou curiosa e perguntou-lhe:

– Por que usa uma coisa tão feia?

– Isto é o que falta nas pessoas que se afogam – respondeu o índio, irritado. Dizendo essas palavras, saiu da palhoça em que vivia e nunca mais voltou.

A índia ficou desesperada. Passava os dias e as noites à beira do rio, chorando e lamentando a sua triste sorte. Levava sempre, às costas, o seu pequeno filho.

Houve um dia em que suas lágrimas foram tão abundantes que encheram o rio e o fizeram transbordar. As águas cresceram, cresceram, e arrastaram consigo a índia e o filho.

Na manhã seguinte, os índios que pescavam viram, com espanto, um boto empurrando para a margem do rio dois corpos. Era o guerreiro desconhecido, que devolvia à tribo os cadáveres da sua esposa e do seu filho.

Desde esse dia, os botos adquiriram o costume de empurrar, para as margens dos rios e dos igarapés, os cadáveres das pessoas que morreram afogadas.

O CASTIGO DO JAPIM

O japim é um lindo passarinho. Suas penas são pretas e amarelas. É também chamado xexéu e joão-conguinho. E – coisa curiosa! – não tem canto próprio. Vive a imitar o canto dos outros pássaros. Os índios contam, sobre o japim, a seguinte história:

Esse passarinho vivia no céu, cantando para Tupã. Quando o chefe dos deuses queria dormir, chamava o japim e ele cantava até que o seu senhor dormisse.

Certa vez, os índios ficaram muito tristes, por causa de uma peste terrível que havia atacado as tribos. Resolveram, então, implorar a Tupã que os levasse para o céu, onde não há doenças nem tristezas. É claro que não foram atendidos. Mas Tupã enviou o japim à terra para os consolar. Com seu canto maravilhoso, o japim expulsou a peste e fez desaparecer as tristezas dos índios. Estes voltaram ao trabalho e ficaram, de novo, tranquilos e felizes. Por isso, pediram a Tupã que lhes desse o japim. Desta vez, o chefe dos deuses os atendeu.

O japim ficou, então, muito orgulhoso. Julgou-se o dono da floresta. E passou a imitar o canto dos outros pássaros por zombaria. Resolveram estes queixar-se a Tupã.

O deus dos índios mandou chamar o japim e censurou-o severamente. Mas o danado do passarinho não se emendou. E continuou a imitar o canto dos outros pássaros.

Tupã ficou indignado e disse para o japim:

– De hoje em diante, perderás o teu canto e só poderás imitar o canto das outras aves. Além disso, todos os pássaros hão de te odiar e de te perseguir.

E foi o que aconteceu. O japim passou a ser atacado pelas outras aves, que lhe destruíram o ninho e os filhotes. Resolveu, então, o japim pedir auxílio às vespas. Estas ficaram com pena do pássaro e disseram:

– Não te aflijas, amigo japim. Farás sempre o teu ninho perto de nossas casas, e coitado daquele que se atrever a destruí-lo. Nós o mataremos com nossas ferroadas.

E, desde então, o japim constrói o seu ninho junto da casa das vespas. Ele perdeu o seu canto, mas pode criar os seus filhotes.

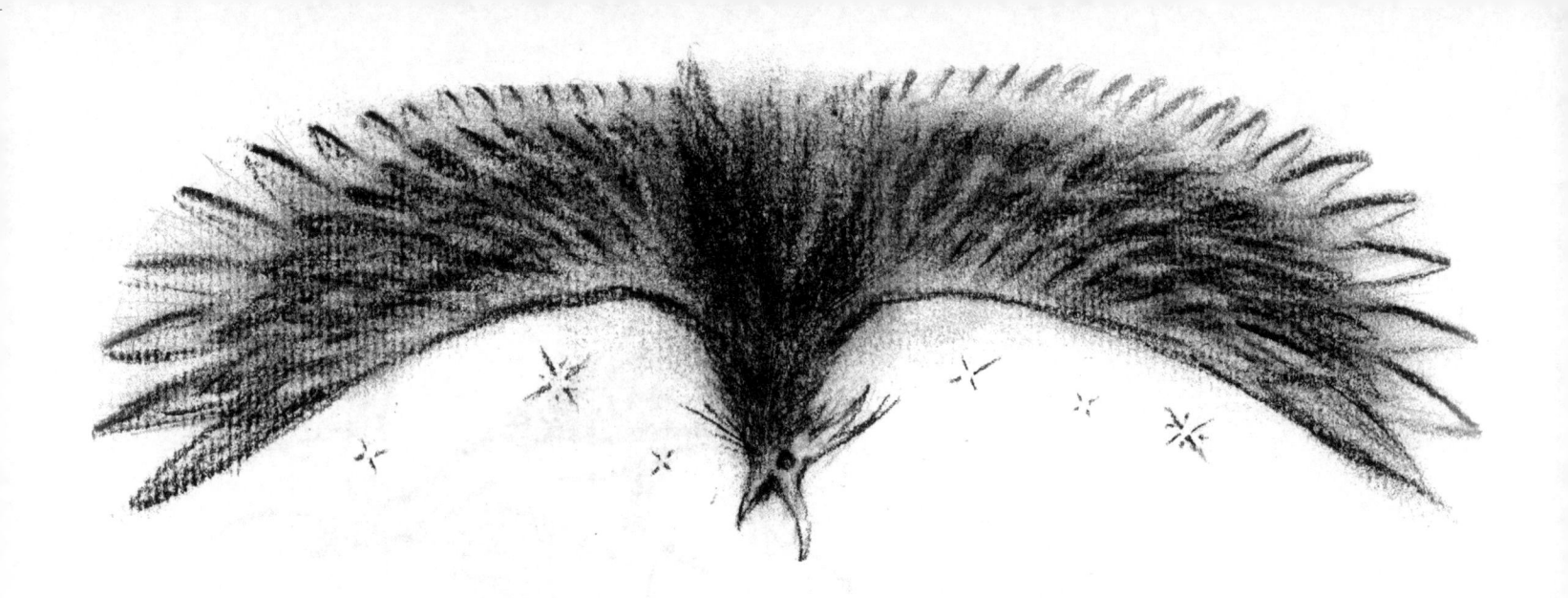

O pássaro mágico

Um tuxaua navegava numa canoa em direção contrária à corrente de um rio. De repente, percebeu, com espanto, o ruído cada vez mais forte da cascata que tinha ficado muito para trás. Parecia que, em lugar de avançar, ele recuava para o abismo. Remou com mais força. Mas, quanto mais remava, mais intenso se tornava o ruído da cachoeira. Apavorado com o que acontecia, implorou a um pássaro que voava sobre sua cabeça:

– Pássaro, empresta-me as tuas asas, para que eu possa chegar à minha tribo!

Assim que o índio falou, o pássaro mergulhou nas águas do rio e desapareceu. Imediatamente, o ruído da cascata foi diminuindo, até desaparecer de todo. O tuxaua pôde, então, fazer sua canoa deslizar rapidamente sobre o rio.

Chegando à taba, foi recebido com grande alegria por seus companheiros. Ele saíra de casa havia muitos dias e todos já o consideravam perdido. Em regozijo pelo seu regresso, houve à noite uma grande festa na tribo.

Durante as danças, chamou a atenção do tuxaua a presença, na taba, de um guerreiro desconhecido, que cortejava a sua noiva. Era um índio alto, belo e forte, tendo ao pescoço muitos colares feitos com dentes de animais abatidos e de inimigos mortos na guerra. Seu corpo estava coberto de penas lindas e raras. E, na sua cabeça, viam-se duas asas, que lembravam as do pássaro que havia salvo o tuxaua.

Ficou este com inveja da beleza do guerreiro desconhecido. Além disso, encheu-se de ciúmes diante das atenções que o jovem dispensava à sua noiva. Sem poder dominar sua revolta, aproximou-se do casal e, numa atitude provocadora, arrancou a noiva da companhia do guerreiro. Este não repeliu o insulto. Então, todos os índios da tribo o expulsaram da festa por ser covarde.

O guerreiro de asas de pássaro afastou-se em silêncio, mas de cabeça erguida. Ao chegar à beira do rio, atirou-se na água. Julgando que ele quisesse fugir a nado, os índios embarcaram em suas canoas para persegui-lo.

Nesse momento, o estrondo de uma cascata ecoou no espaço. E um pássaro surgiu no ar, gritando Tincoã! Tincoã!

Então, a noite desceu sobre a terra, os índios foram dominados por um pavor que nunca tinham sentido, e todos foram envolvidos e arrastados pelas águas furiosas do rio.

Os olhos do menino

São belas e pitorescas as lendas com que os índios da Amazônia explicam a origem de certas plantas. Vejamos, por exemplo, a lenda do guaraná.

Numa aldeia de índios maués, vivia um casal alegre e feliz. Como não tivessem filhos, imploraram a Tupã que lhes concedesse essa felicidade. O rei dos deuses atendeu ao seu pedido. Deu-lhes um filho belo, forte e sadio. O menino era, além disso, inteligente e bondoso. Em pouco tempo, conquistou a amizade e a admiração de todos os índios da tribo.

A criança tinha qualidades tão boas que despertou a inveja e o ódio de Jurupari, o espírito do mal. E este resolveu matá-la. Para isso, transformou-se numa serpente e esperou a ocasião propícia. Certa vez, o menino afastou-se de sua maloca, atraído pelos frutos apetitosos de uma árvore. Quando foi colhê-los, a serpente mordeu-o e ele caiu morto.

Assim que notaram a ausência da criança, todos os índios saíram à sua procura, até que a encontraram, sem vida, debaixo da árvore. A tribo inteira foi ver o pequenino morto. E, quando estavam todos chorando, um trovão ribombou no céu e um raio fulgurante caiu junto do menino. Então, a mãe da criança disse para seus companheiros:

– É um aviso de Tupã. Ele se compadeceu de nós. Disse para plantarmos os olhos do meu filho. Deles nascerá uma planta cujo fruto será a nossa felicidade.

Assim fizeram os índios. E dos olhos do menino nasceu o guaraná!

Realmente, os bagos negros do guaraná, que são cercados de uma película branca, parecem olhos humanos. E não é outra a significação da palavra guaraná, formada de "guará" – ser vivo, e "ná" – parecido, semelhante. Assim, em linguagem indígena, guaraná quer dizer "bagos que se parecem com olhos de gente".

O corpo de Mani

Há muitos anos, a filha do tuxaua de uma tribo deu à luz uma menina alva como o leite. O chefe resolveu matar a filha no dia seguinte. Mas, à noite, apareceu-lhe em sonho um homem branco, que lhe afirmou ser a moça inocente. E ameaçou-o com um castigo terrível se ele matasse a própria filha. Por isso, o tuxaua nada fez.

A criança recebeu o nome de Mani. E, logo depois que nasceu, começou a falar e andar. Era tão linda quanto inteligente e boa. Os índios a adoravam. Mas a menina não viveu muito tempo. Antes de completar um ano, morreu sem ter adoecido.

O tuxaua mandou enterrá-la na própria maloca. Todos os dias, os índios regavam a sepultura, segundo antigo costume da tribo. Sobre a cova de Mani nasceu, pouco tempo depois, uma planta desconhecida. Quando a planta deu flores e frutos, os pássaros que os vinham comer ficavam embriagados.

Um dia, a terra fendeu-se ao pé da planta e surgiram as raízes. Os índios as colheram e, tirando a sua casca, notaram que eram brancas como o corpo de Mani. Acreditando ser um milagre de Tupã, os índios comeram essas raízes e fizeram com elas um vinho delicioso.

Daí por diante, os índios cultivaram essa planta maravilhosa. E deram-lhe um nome muito bonito: mandioca ou manioca, que quer dizer "corpo de Mani". Eis como o poeta Lindolfo Xavier conta, em versos, a lenda da mandioca:

Mani, loura criança que nascera
De uma virgem, por todos admirada,
Foi cedo numa cova sepultada,
E a mãe saudosa o pranto ali vertera.

Ao rebentar o ardor da primavera,
Surgiu da cova uma árvore encantada,
De tão longa raiz, que triturada,
Toda uma tribo a carne lhe comera.

Da túbera uma tão maravilhosa
Bebida dentro em pouco se inventara,
Que a tribo toda se embriagou radiosa.

A lenda se espalhou festiva e clara
E a mandioca tornou-se a milagrosa
Fênix americana excelsa e rara!

Cobra-Norato

Uma índia que vivia entre os rios Amazonas e Trombetas teve dois filhos gêmeos. Quando os viu, quase morreu de susto. Não tinham forma humana. Eram duas serpentes escuras. Assim mesmo, a índia batizou-as com os nomes de Honorato e Maria. E atirou-as no rio, porque elas não podiam viver na terra.

As duas serpentes criaram-se livremente nas águas dos rios e igarapés. O povo chamava-as de Cobra-Norato e Maria Caninana. Cobra-Norato era forte e bom. Nunca fazia mal a ninguém. Pelo contrário, não deixava que as pessoas morressem afogadas, salvava os barcos de naufrágios e matava os peixes grandes e ferozes.

De vez em quando, Cobra-Norato ia visitar sua mãe tapuia. Quando caía a noite e as estrelas brilhavam no céu, ele saía d'água arrastando seu corpo enorme. Deixava o couro da serpente à beira do rio e transformava-se num rapaz bonito e desempenado. Pela madrugada, ao cantar do galo, regressava ao rio, metia-se dentro da pele da serpente e voltava a ser Cobra-Norato.

Maria Caninana era geniosa e malvada. Atacava os pescadores, afundava os barcos, afogava as pessoas que caíam no rio. Nunca visitou sua velha mãe. Em Óbidos, no Pará, havia uma serpente encantada, dormindo, dentro da terra, debaixo da igreja. Maria

Caninana mordeu a serpente. Ela não acordou, mas se mexeu, fazendo a terra rachar desde o mercado até a igreja.

Por causa dessas maldades, Cobra-Norato foi obrigado a matar Maria Caninana. E ficou sozinho, nadando nos rios e igarapés. Quando havia festa nos povoados ribeirinhos, Cobra-Norato deixava a pele de serpente e ia dançar com as moças e conversar com os rapazes. E todos ficavam contentes.

Cobra-Norato sempre pedia aos conhecidos que o desencantassem.

Bastava, para isso, bater com ferro virgem na cabeça da serpente e deitar três gotas de leite de mulher na sua boca. Muitos amigos de Cobra-Norato tentaram fazer isso. Mas, quando viam a serpente, escura e enorme, fugiam apavorados.

Um dia, Cobra-Norato fez amizade com um soldado de Cametá. Era um cabra rijo e destemido. Cobra-Norato pediu ao rapaz que o desencantasse. O soldado não teve medo. Arranjou um machado que não cortara pau e um vidrinho com leite de mulher. Quando encontrou a cobra dormindo, meteu o machado na cabeça da bicha e atirou três gotas de leite entre seus dentes enormes e aguçados.

A serpente estremeceu e caiu morta. Dela saiu Cobra-Norato, desencantado para sempre.

A sedução da Iara

Os índios e os sertanejos acreditam na existência da Iara ou Mãe-d'água. Dizem que é uma mulher muito linda, de pele alva, olhos verdes e cabelos cor de ouro, que vive nos lagos, nos rios e nos igarapés. Ninguém resiste ao encanto da Iara. Quem a vê fica logo atraído pela sua beleza e pelo seu canto mavioso. E acaba sendo arrastado por ela para o fundo das águas. Por isso, os índios, ao cair da tarde, afastam-se dos lagos e dos rios. Eles têm medo de encontrar a Iara e de ficarem dominados pelo seu encanto.

Conta-se que vivia, há muitos anos, nas margens do rio Amazonas, um filho do tuxaua dos Manaus, chamado Jaraguari. Era um moço belo como o sol e forte como o jaguar. Os outros índios invejavam sua coragem, sua força e sua destreza. As mulheres admiravam sua formosura, sua graça e sua valentia. E os velhos amavam Jaraguari, porque ele os tratava com respeito e carinho.

Jaraguari era alegre e feliz como um pássaro. Mas, um dia, começou a mostrar-se reservado e pensativo. Todas as tardes subia com sua canoa para a ponta do Tarumã, onde permanecia silencioso e solitário até a meia-noite.

Sua mãe, impressionada com a mudança do filho, perguntou-lhe:

– Que pescaria é essa, meu filho, que se prolonga até alta noite? Não tens medo das artes traiçoeiras de Anhangá? Por que vives agora tão triste? Onde está a alegria que animava a tua vida?

Jaraguari ficou silencioso. Depois, respondeu com os olhos muito abertos, como se estivesse vendo uma cena maravilhosa:

– Mãe, eu a vi!... Eu a vi, mãe, nadando entre as flores do igarapé. É linda como a lua nas noites mais claras. Eu a vi, mãe!... Seus cabelos têm a cor do ouro e o brilho do sol. Seus olhos são duas pedras verdes. Seu canto é mais belo do que o do uirapuru. Eu a vi, mãe!...

Ao ouvir as palavras do filho, a velha atirou-se ao chão, gritando, entre lágrimas:

— Foge dessa mulher, meu filho! É a Iara! Ela vai te matar! Foge, meu filho!

O rapaz nada disse e saiu da maloca. No dia seguinte, ao cair da tarde, sua igara deslizava, mansamente, pelo rio, na direção da ponta de Tarumã. Mas, de repente, os índios que pescavam à beira do rio gritaram:

— Corre, gente! Corre! Vem ver!

Ao longe, via-se a canoa de Jaraguari. E, abraçada ao jovem guerreiro, surgiu uma linda mulher de corpo alvo e de cabelos compridos, cor de ouro. Era a Iara!

E, desde então, nunca mais Jaraguari voltou à sua maloca.

O CORAÇÃO DO CURUPIRA

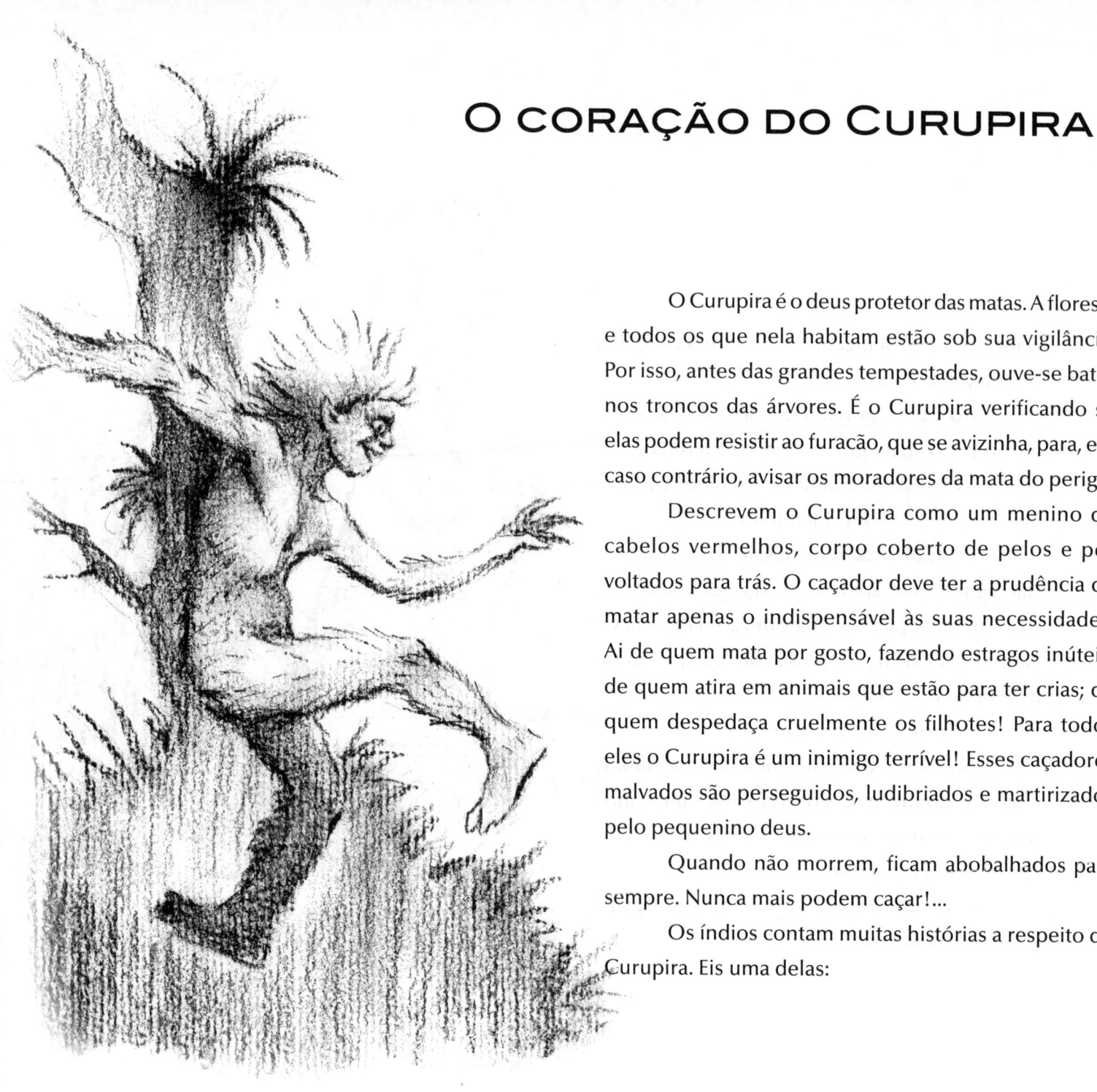

O Curupira é o deus protetor das matas. A floresta e todos os que nela habitam estão sob sua vigilância. Por isso, antes das grandes tempestades, ouve-se bater nos troncos das árvores. É o Curupira verificando se elas podem resistir ao furacão, que se avizinha, para, em caso contrário, avisar os moradores da mata do perigo.

Descrevem o Curupira como um menino de cabelos vermelhos, corpo coberto de pelos e pés voltados para trás. O caçador deve ter a prudência de matar apenas o indispensável às suas necessidades. Ai de quem mata por gosto, fazendo estragos inúteis; de quem atira em animais que estão para ter crias; de quem despedaça cruelmente os filhotes! Para todos eles o Curupira é um inimigo terrível! Esses caçadores malvados são perseguidos, ludibriados e martirizados pelo pequenino deus.

Quando não morrem, ficam abobalhados para sempre. Nunca mais podem caçar!...

Os índios contam muitas histórias a respeito do Curupira. Eis uma delas:

Um dia, o Curupira encontrou um caçador, que dormia, cansado, sob uma árvore. Acordou-o e pediu um pedaço do seu coração para matar a fome. O índio, que havia morto um macaco, deu-lhe um pedaço do coração do animal. O Curupira comeu, gostou e pediu o resto. O caçador atendeu ao seu pedido, mas disse:

– Deves, em paga, me dar um pedaço do teu coração.

O Curupira, certo de que o índio lhe havia dado o seu coração, sem nada sofrer, abriu, com uma faca, o próprio peito e caiu logo morto. O caçador, então, fugiu, correndo para sua maloca.

Um ano mais tarde, lembrou-se o índio de que o Curupira tinha os dentes verdes. E teve a ideia de fazer com os mesmos um belo colar. Por isso, voltou à mata, procurou e achou o esqueleto do Curupira. E começou a bater o crânio do mesmo de encontro a uma árvore, para ver se os dentes caíam.

Nesse momento, o Curupira ressuscitou. Agradeceu ao caçador por tê-lo desencantado e, para recompensá-lo, deu-lhe uma flecha mágica, com a qual ele seria o chefe de sua tribo. Mas o índio cometeu o erro de contar o segredo à sua mulher e, por isso, caiu morto no chão.

AS MULHERES GUERREIRAS

Foi Orellana, explorador espanhol que descobriu o rio Amazonas, o primeiro a contar a história das mulheres guerreiras do Brasil. Diz ele que estava na foz do rio Amazonas quando foi atacado pelas amazonas. Os índios as chamavam de icamiabas, isto é, "mulheres sem marido".

As amazonas eram índias altas, esbeltas e formosas. Tinham longos cabelos negros trançados em volta da cabeça. Formavam uma nação independente e dominadora, constituída exclusivamente de mulheres. Possuíam, como vassalos, vários povos indígenas.

Suas casas eram feitas de pedra, solidamente fortificadas. As aldeias, cercadas de muros altos e resistentes, eram inatacáveis. Robustas, ágeis e corajosas, as amazonas eram guerreiras temíveis. Lutavam com valentia e ferocidade. Manejavam o arco e flecha com perícia extraordinária. Atacavam as tribos vizinhas e as escravizavam. As mulheres dessas tribos nada sofriam. Mas os homens eram tratados com crueldade.

Todavia, as amazonas, uma vez por ano, casavam-se com os índios guacaris. Assim, evitavam que a tribo desaparecesse. Mas o casamento durava um só dia. As filhas que nasciam eram criadas cuidadosamente, para que pudessem manter as tradições gloriosas das amazonas. Quanto aos filhos, eram cruelmente sacrificados ou entregues aos pais, por ocasião de suas visitas anuais.

Jaci, a Lua, era a deusa protetora das amazonas. O lago Iaciurá, junto das cabeceiras do rio Jamundá, era sagrado. As amazonas o consideravam como o espelho da Lua, e daí o seu nome. Todos os anos, por ocasião das festas consagradas a Jaci, as amazonas seguiam, em romaria, para as margens desse lago. A lua cheia era então festejada com bailados, cânticos e oferendas. As filhas de Jaci coroavam-se de flores e executavam uma dança bela e selvagem.

A festa realizava-se antes do casamento com os guacaris. Pouco antes da meia-noite, quando a

Lua atingia o alto do céu, as amazonas dirigiam-se para o lago, levando nos ombros potes cheios de perfumes, que derramavam na água para purificá-la. À meia-noite, mergulhavam no fundo do lago e de lá traziam um barro verde, a que davam formas variadas: de rã, de peixe, de tartaruga...

Esse barro esculpido servia de amuleto e chamava-se *muiraquitã*. Depois que o barro secava, esses amuletos ficavam duros como ferro. Eram oferecidos aos guacaris, que os traziam pendurados ao pescoço. Ainda hoje, alguns descendentes de antigos habitantes da Amazônia possuem muiraquitãs. O povo acredita que eles têm o poder de evitar moléstias e desgraças.

A lenda das amazonas é de origem europeia. Os índios e sertanejos do Brasil não falam nela. Alguns afirmam que essa lenda surgiu de uma ilusão de Orellana, ao julgar que eram mulheres os cumuris, índios de cabelos compridos, que o atacaram.

2
LENDAS E MITOS
NORDESTE

O Barba Ruiva	36
A cidade encantada	38
O carro caído	40
O pecado da solha	42
O engenho mal-assombrado	44
Senhor do Corpo-Santo	46
A semente de Sacaibu	48
A morte de Zumbi	50
O poder da Caipora	52
O sertanejo e o lobisomem	54

O Barba Ruiva

Perto da lagoa de Paranaguá, no estado do Piauí, morava uma pobre viúva com três filhas. A mais jovem delas teve um filho. Vaidosa e malvada, resolveu abandonar a criança. Colocou o filho dentro de um tacho de cobre e o atirou dentro da lagoa.

O tacho desceu ao fundo da lagoa, mas foi logo trazido à tona pela Mãe-D'água. Ela amaldiçoou a moça, que chorava, arrependida, e mergulhou furiosa. As águas foram, então, crescendo, crescendo, até que cobriram todo o vale.

Daí por diante, a lagoa ficou encantada, cheia de luzes e vozes. Ninguém podia morar nas suas margens, porque, durante a noite, subia do fundo das águas um choro de criança nova, como se chamasse a mãe para amamentar.

Com o decorrer dos anos, o choro parou. Mas de vez em quando aparece um ser humano que, pela manhã, é um menino, ao meio-dia, um rapaz de barbas ruivas, e, à noite, um velho de barbas brancas.

Muita gente tem visto esse ser fantástico. Ele foge dos homens quando os avista. Mas corre atrás das mulheres, quando as descobre. Depois, pula dentro da lagoa e desaparece.

Por isso, nenhuma mulher lava roupa sozinha, à beira da lagoa. Tem medo de que apareça o Barba Ruiva. Muitos homens de respeito têm encontrado o filho da Mãe-D'água. E, por isso, ficam meio amalucados durante horas e horas.

Mas o Barba Ruiva não ofende a ninguém. Cumpre a sua sina nas águas da lagoa, perseguindo as mulheres e fugindo dos homens. Um dia, será quebrado o seu encanto. Bastará que uma mulher atire em sua cabeça algumas gotas de água benta e as contas de um rosário. Barba Ruiva, que é pagão, se tornará cristão.

Mas, até hoje, não apareceu essa mulher corajosa. Por isso, o Barba Ruiva continua encantado nas águas claras da lagoa de Paranaguá.

A CIDADE ENCANTADA

Alguns moradores de Jericoaquara dizem que existe, sob o farol, uma cidade encantada, onde habita uma princesa. A entrada dessa cidade é uma furna que há perto da praia, na qual só se pode penetrar quando a maré está baixa. Mas não é possível percorrer essa caverna, porque, dizem, é fechada com um enorme portão de ferro.

A princesa está encantada no meio da cidade que fica além do portão. A moça é belíssima, mas está transformada numa serpente de escamas de ouro, tendo apenas a cabeça e os pés de mulher.

Segundo a lenda, a princesa só pode ser desencantada se for derramado sobre seu corpo um vaso cheio de sangue humano. No dia em que alguém quiser sacrificar-se e oferecer seu sangue, abrir-se-á a entrada da cidade maravilhosa.

Com o sangue será feita uma cruz sobre o corpo da serpente. Então, surgirá a princesa com sua beleza fascinante, no meio de tesouros e maravilhas indescritíveis. Ao mesmo tempo, erguer-se-ão da terra os castelos e palácios mais lindos do mundo!

Existe em Jericoaquara um velho feiticeiro chamado Queirós. Um dia ele resolveu desencantar a cidade misteriosa. Reuniu uma porção de gente e penetrou na caverna. Quando chegaram ao portão, que dizem ter visto, apareceu a princesa, ansiosa por ser desencantada.

Contam que, nesse momento, ouviram cantos de galos, trinados de pássaros, balidos de carneiros e gemidos humanos que vinham da cidade sepultada. Um frio de pavor fez estremecer todas as pessoas que haviam penetrado na gruta.

O feiticeiro, porém, nada pôde fazer, pois ninguém quis sacrificar-se em benefício da cidade encantada. É claro que todos queriam viver para se casar com a linda princesa...

O velho Queirós foi a única vítima dessa aventura. Foi parar na cadeia, onde até hoje se encontra. E a princesa continua à espera do herói que ofereça o seu sangue para desencantá-la.

O carro caído

Um carro de bois vinha chiando pela estrada. Saíra de Aldeia Velha, pela madrugada, conduzindo um sino para a Capela de Estremoz. Na vila, um grande povaréu esperava, ansioso, a chegada do sino. Estava tudo preparado para o batismo do bronze.

O carro viajara o dia todo e os bois estavam cansados. A noite tinha caído e a lua já alumiava o céu. O carreiro, que era um negro chamado João, vinha cochilando. Mas, quando acordava, cutucava a boiada com a vara de ferrão.

Para animar os bois, o negro começou a cantar uma toada triste. Os bois gostaram e começaram a andar mais depressa. E o carreiro pegou, de novo, no sono. De repente, acordou e viu que os bois estavam parados. Irritado, exclamou:

– Diabo! – e deu uma ferroada forte nos bois.

Nisso, uma coruja rasgou mortalha. O carreiro não percebeu que a coruja era um anjo avisando que, naquela hora, conduzindo um sino para a casa de Nosso Senhor, não se devia falar no Tinhoso. Pouco depois, João gritou outra vez:

– Diabo! – e nova ferroada nos coitados dos bois.

O Maldito gritou então do Inferno:

– Quem é que me está chamando?

Quando ouviu a voz estridente do Diabo, o carreiro ficou trêmulo de pavor. Assobiou para enganar o medo. E tornou a cantar a toada triste como uma despedida. Os bois começaram a andar. E, com o balanço do carro, João pegou no sono.

Súbito acordou. O carro estava parado. O negro ficou furioso e cutucou a boiada, exclamando:

– Diabo!

– Aqui estou eu! – respondeu-lhe, ao ouvido, o Tinhoso.

E arrastou o carro para dentro da lagoa com o carreiro, bois, sino e tudo. João nem teve tempo de gritar por Nossa Senhora.

Mas o negro não morreu. Ainda está vivo debaixo d'água, sempre carreando... Por isso, quem passa pela lagoa, no tempo da Quaresma, ouve, claramente, cantar o carreiro, chiar o carro, gemer os bois e tocar o sino.

O PECADO DA SOLHA

A solha é um peixe muito feio. É chata, torta, com a cara de banda e os olhos vesgos. Dizem, porém, que a solha não foi sempre assim. Houve um tempo em que era um peixe bonito, de corpo gracioso, com a cara e os olhos em seu lugar direito. Ficou deformada por sua própria culpa, pelo mau costume de fazer caretas e arremedar toda gente.

Contam que, na época em que Jesus Cristo ainda estava no mundo, Nossa Senhora gostava de passear pela praia. Num desses passeios, viu um peixe à beira d'água. Era a solha. Então, a Virgem Maria lhe perguntou docemente:

– Solha, faz o favor de me dizer se a maré está enchendo ou vazando?

Pois a malcriada da solha, em lugar de responder com delicadeza à Mãe de Deus, torceu a boca, revirou os olhos e arremedou Nossa Senhora. Por isso, foi castigada. Ficou, para sempre, de cara torta e de olhos revirados.

Humberto de Campos, o grande poeta maranhense, assim conta em versos a lenda da solha:

Quando Nossa Senhora andava neste mundo,
Trazendo ao colo um Deus, foi bater, certo dia,
À hora da preamar, a um rio muito fundo,
De barreira muito alva, e água muito sombria.

Era um risco passar. Mas a Virgem Maria,
Ante o equóreo lençol todo em peixes fecundo,
Quis saber, vendo perto uma solha vadia,
Se acaso aquele rio era sempre profundo.

E indagou: "Solha, dize, a maré enche ou vaza?"
Mas a solha, a zombar, por um costume antigo,
Torce a boca, e a remeda, a chegar-se à água rasa...

E é daí, e em razão desse negro pecado,
Que a solha começou, por um grande castigo,
A rodar, pelo mar, tendo a boca de um lado.

O ENGENHO MAL-ASSOMBRADO

Quando bate a meia-noite, o velho engenho em ruínas, há muito tempo abandonado, começa a se agitar. Do seu interior surgem vultos fantásticos.

O primeiro a aparecer é o senhor de engenho, de chapéu de abas largas, botas com esporas e chicote na mão, que grita: – Vamos! É hora de serviço! Comecem a trabalhar!

Então, tudo se movimenta. As velhas almanjarras se põem a rodar. E os moleques, empoleirados no alto das máquinas, berram, açoitando as bestas que puxam as rodas.

Apesar de azeitadas, as engrenagens do engenho rangem sem cessar. E as canas, esmagadas entre os cilindros das moendas, estalam fazendo "craque, craque, craque"...

Os escravos trabalham sem descanso, com o suor escorrendo pelas costas nuas. O tombador de canas faz o seu serviço, entoando uma cantiga alegre. O carregador de bagaços passa, a cada instante, levando, nos braços, feixes alvos de canas espremidas. E o caldo verde e espumoso escorre aos borbotões pelas bicas. Parece uma cascata de esmeralda líquida!

Os escravos alimentam, incessantemente, as bocas rubras das fornalhas. O fogo crepita debaixo das caldeiras, que gemem e chiam como se fossem vivas. A fumaça sobe pela chaminé. As tachas fervem. E o cheiro gostoso do mel cozido invade todo o engenho.

De fora, vem o rechinado plangente dos carros de bois, trazendo canas para o engenho. Cambiteiros estalam chicotes, tangendo burros também carregados de canas. Moleques de olhos vivos e movimentos ágeis pulam na frente dos animais. Tudo palpita dentro e em redor do velho engenho, que trabalha sem cessar.

Mas, quando os galos começam a cantar, o ruído das máquinas e o clamor das vozes começam a diminuir. Pouco a pouco, as luzes se apagam, os movimentos vão se tornando mais lentos e os rumores perdem a intensidade. Os homens e os animais vão ficando sem vida e sem cor e se transformam em sombras, cada vez mais esbatidas.

E, quando clareia o dia, o velho engenho volta a ser um montão de ruínas, abandonado e silencioso...

Senhor do Corpo-Santo

Dizem que, numa noite de tempestade, cheia de relâmpagos e trovões, o porteiro do Convento do Carmo, em Recife, ouviu bater à porta. Abriu-a e deparou com um velhinho que, com voz doce e triste, pediu agasalho por uma noite.

O porteiro, que era um leigo grosseiro e rude, recusou hospedagem e mandou o velho dormir na rua ou debaixo das pontes. Depois, fechou brutalmente o portão.

O velhinho retirou-se, trêmulo e humilde, e, apoiado num bastão, dirigiu-se para a Igreja de São Pedro Gonçalves, onde bateu. O sacristão, ao vê-lo, teve pena e permitiu que ele entrasse. Deu-lhe de comer e com que se enxugar. Em seguida, indicou-lhe um cantinho da sacristia, onde poderia agasalhar-se e dormir sobre um colchão.

Pela madrugada, o sacristão foi acordar o velho, levando uma esmola de despedida. Grande foi o seu espanto ao encontrar, sobre o colchão, em lugar do velho uma imagem do Senhor do Bom Jesus dos Passos, tão linda e maravilhosa que ele caiu de joelhos rezando.

Quando se espalhou a notícia de que o velhinho mendigo fora o próprio Senhor do Corpo-Santo, os frades do Carmo lamentaram, profundamente, a falta de hospitalidade do irmão leigo que lhes servia de porteiro. E como o Senhor do Corpo-Santo houvesse procurado, em primeiro lugar, o Convento do Carmo, alegaram que tinham direito à posse da imagem.

Os padres da Igreja de São Pedro Gonçalves protestaram e o caso foi submetido à Justiça. A questão durou muito tempo. Mas, afinal, a Igreja de São Pedro ganhou a demanda, cedendo apenas ao Convento do Carmo a honra de hospedar, por uma noite, o Senhor do Corpo-Santo.

Eis porque, antigamente, durante a Quaresma, na procissão dos Sete Passos, a imagem do Senhor do Corpo-Santo saía de sua igreja para o Convento do Carmo, e daí regressava logo depois, com grande acompanhamento de fiéis.

Infelizmente, a Igreja do Corpo-Santo, outrora tão bela e admirada, foi arrasada para a ampliação da cidade do Recife. A Igreja da Madre de Deus acolheu, maternalmente, a imagem do Senhor do Corpo-Santo, numa de suas salas. Até hoje, lá se encontra, sem ter voltado a realizar a tradicional visita ao Convento do Carmo.

A semente de Sacaibu

Há muitos anos, os índios não sabiam cultivar a terra nem domesticar os animais. Nunca tinham visto tecer ou fiar. Não construíam malocas. Habitavam em cavernas ou no alto das árvores. Pareciam animais selvagens.

Nesse tempo, houve uma tribo cujo chefe era prudente e sábio. Chamava-se Sacaibu. Um dia, esse tuxaua resolveu mudar-se com seus companheiros para um lugar bastante elevado, onde havia boas florestas e muita caça.

Sacaibu aí construiu as primeiras malocas da tribo e plantou uma semente que lhe fora oferecida por Tupã. E esperou que essa semente germinasse...

Perto da montanha onde vivia a tribo, abria-se um grande abismo. Os índios passavam horas e horas olhando para o fundo desse grotão, no desejo de conhecer o vale misterioso que ali devia existir, mas que não se podia ver, por causa das florestas espessas que o recobriam.

Enquanto isso, a semente plantada por Sacaibu germinou, desenvolveu-se e transformou-se numa bela árvore. Certo dia, os índios viram que as flores dessa árvore se abriam, mostrando lindos tufos brancos. Era o algodão.

Aconselhados por Sacaibu, os indígenas colheram os tufos brancos, desfiaram-nos, teceram os seus fios e fizeram com os mesmos cordas longas e fortes.

Com essas cordas puderam descer ao abismo. E foi grande a sua surpresa quando viram que o vale era habitado por um povo adiantado, forte e bem organizado. Os moradores do vale eram também generosos e prestativos. E, atendendo ao pedido de Sacaibu, subiram pelas cordas e foram auxiliar os índios a cultivar suas terras. Assim nasceram os primeiros algodoais do Brasil.

A morte de Zumbi

Durante as invasões holandesas, muitas famílias abandonaram suas fazendas e engenhos, a fim de não caírem nas mãos dos batavos. Aproveitando-se dessa situação, os negros escravos escaparam para as florestas, onde formaram grandes núcleos de foragidos, chamados quilombos.

O mais famoso dos quilombos foi o que se organizou na serra da Barriga, em Alagoas. Tinha o nome de Palmares, por causa das palmeiras que existiam na região. Esse quilombo constituía uma verdadeira nação. Era formado por cerca de dez mil negros, distribuídos por diversas vilas. Eram vários quilombos organizados sob a forma de reino.

O primeiro rei dos negros chamava-se Gangazuma. Morava num palácio (mussumba), cercado de parentes, ministros e cortesãos. Tinha sob seu comando um verdadeiro exército.

Com a morte de Gangazuma, tornou-se rei dos quilombos Zumbi, um negro inteligente e corajoso, sob cuja direção os habitantes de Palmares muito progrediram. Os negros começaram então a cultivar a terra e a criar gado. Todos trabalhavam. Havia disciplina, ordem, leis.

O sonho de Zumbi era fundar, no Brasil, um império dirigido por negros.

Foram enviadas pelo governo várias expedições para destruir os quilombos. Mas todas foram infrutíferas, inclusive as de Manuel Lopes Galvão e Fernão Carrilho. Durante cinquenta anos, os habitantes de Palmares resistiram aos ataques dos brancos.

Resolveu, então, o governo de Pernambuco contratar Domingos Jorge Velho, bandeirante paulista, para destruir o reduto dos negros. Depois de três anos de luta à frente de um exército de mil homens, Domingos Jorge Velho conseguiu aniquilar a capital fortificada dos Palmares.

Zumbi não quis entregar-se. Quando viu que estava derrotado, subiu ao alto da montanha e atirou-se num despenhadeiro. Seus generais o acompanharam num gesto de suprema fidelidade. Todos preferiram morrer na liberdade a viver na escravidão. E, assim, acabou-se, para sempre, a nação negra dos Palmares.

O poder da Caipora

Caipora ou Caapora é o gênio protetor dos animais da floresta. Seu poder não se estende aos animais de pena. Limita-se aos bichos de couro e chifres: porcos, veados, cutias, pacas, tatus, tamanduás... No Norte e no Nordeste o gênio é do sexo feminino e aparece sob a forma de uma índia pequena e forte, doida por fumo e aguardente. Em outras regiões do Brasil, é um caboclo baixo e reforçado, coberto de pelos, que surge montado num porco-do-mato ou caititu. O Caipora ou Caapora toma ainda outras formas...

Sua missão é, porém, sempre a mesma: proteger a caça da sanha dos caçadores malvados. Quem mata animais com crueldade ou persegue fêmeas com filhotes é logo castigado pela Caipora. Nas sextas-feiras, mesmo com luar, é proibida a caça. Nos dias santos e domingos também não se pode caçar.

Quando os homens infringem as leis da Caipora, ela espanta a caça, surra os cachorros, faz um barulho infernal e persegue, furiosamente, os caçadores, que largam as armas e fogem, espavoridos. Mas os que respeitam a Caipora e levam-lhe fumo e aguardente, podem caçar à vontade. Não devem, porém, atirar em animal com filhote, nem em bicho isolado ou no último do bando.

Os caçadores que não entram em combinação com a Caipora nada conseguem. Perdem o seu tempo e o seu chumbo, pois os animais que caem varados pelas balas, mesmo os mortos, se levantam, ressuscitados, ao contato do focinho do porco no qual se acha montada a Caipora. Para alguns sertanejos, a Caipora é alma de índio bravo que morreu pagão.

Contam-se muitas histórias a respeito do poder mágico da Caipora. Vejamos uma delas, citada por Câmara Cascudo:

"Depois de uma caçada feliz, no município de Augusto Severo, no Rio Grande do Norte, acamparam os caçadores, noitinha, para arranjar o jantar. Entre outras peças escolhidas, prepararam um tatu, que se come assado no próprio casco. Puseram o tatu, sem intestinos, atravessado por uma vareta de espingarda, em cima do fogo. E cada um contava e ouvia episódios do dia. De repente, montando um 'queixada', passou, pelo meio dos homens, a Caipora. Na mesma velocidade com que ia, disse, peremptória: 'Vambóra, Júão (Vamos embora, João)'. E João, o tatu, meio assado e sem vísceras, acompanhou-a, como um relâmpago."

O SERTANEJO E O LOBISOMEM

Uma das crendices mais populares do Brasil é a do lobisomem. Alguns acreditam que seja um indivíduo amaldiçoado pelos pais ou pelos padrinhos. Outros acham que é o sétimo filho de um casal. Geralmente, é um homem magro e muito pálido. Não tendo sangue, está condenado a morrer se não encontrar um jeito de ficar corado. Vai, então, sexta-feira, à meia-noite, a uma encruzilhada, onde tira a roupa e vira pelo avesso. Depois, dá sete nós em qualquer parte da roupa. Deita-se, em seguida, no chão, e roda, da esquerda para a direita, como um animal.

Vira então bicho. Seu corpo fica coberto de pelos compridos, as orelhas crescem, a cara toma a forma da de um morcego, as unhas aumentam e viram garras.

Corre com os joelhos e cotovelos, os quais, pela manhã, estão ensanguentados. Logo que se transforma em bicho, o lobisomem sai à procura de sangue para beber. Cachorro novo, bacorinho e criança de peito são os preferidos pela pureza do seu sangue. Mas, na falta desses, o homem também serve. Por isso, as pessoas adultas são atacadas pelo monstro.

Para desencantar o lobisomem, basta qualquer ferimento por onde escorra sangue. Volta então à forma humana e enquanto o desencantador viver nunca mais vira bicho. Se desfizermos os sete nós de sua roupa, o lobisomem ficará, para sempre, correndo sem parar.

Contam muitas histórias sobre o lobisomem. Uma delas é interessante: um sertanejo nordestino costumava dizer aos seus companheiros de trabalho que não acreditava em bobagens de lobisomens. Um deles, homem muito pálido, declarou-lhe, um dia, meio zangado, que ele havia de se arrepender de zombar dos lobisomens. Os amigos do sertanejo o avisaram de que o seu colega de trabalho "virava" e que, por isso, deveria andar armado e não se afastar muito de sua moradia.

Numa noite de sexta-feira, vinha o sertanejo de volta para casa, quando foi atacado por um monstro horroroso. Era um bicho preto, do tamanho de um bezerro, com orelhas enormes, cheio de pelos, com os olhos de brasa. A luta foi terrível. O sertanejo, que era forte e valente, sacou da faca e enfrentou o monstro. Lutou, lutou, até que conseguiu tirar sangue da fera. O lobisomem soltou um urro de dor, deu um salto tremendo e desapareceu no mato.

O sertanejo, apavorado com o acontecimento, passou a noite em claro. Pela manhã, não encontrando no trabalho o seu colega pálido, perguntou por ele. Disseram-lhe que estava doente e, por isso, não pudera trabalhar. O sertanejo foi visitá-lo. Encontrou-o gemendo, tomando remédios, e com o pescoço todo ferido.

Aí está mais uma história fantástica criada pelo povo do sertão.

3
LENDAS E MITOS
LESTE

O filho do trovão	58
O sonho de Paraguaçu	60
O Caboclo-d'água	62
O segredo de Robério Dias	64
O auxílio de São Sebastião	66
Nossa Senhora da Glória	68
O gigante de pedra	70
O ouro de Minas Gerais	72
A descoberta dos diamantes	74
A história de Chico Rei	76
Os tatus brancos	78
A ingratidão dos tamoios	80
A vingança de Anhangá	82

O FILHO DO TROVÃO

Corria o ano de 1510. Naquele tempo, os portugueses assombravam o mundo com suas grandes descobertas marítimas. Vasco da Gama tinha achado o caminho das Índias. Pedro Álvares Cabral descobrira o Brasil.

Diogo Álvares, então com 22 anos, ficou entusiasmado com os feitos gloriosos dos seus compatriotas e resolveu viajar pelo mundo à procura de aventuras. Deixou a pequena aldeia em que vivia, seguiu para Lisboa e lá embarcou num navio que partia para as Índias.

Durante muitos dias, a viagem correu tranquila. Mas, uma tarde, o céu escureceu, os ventos sopraram com violência e o mar tornou-se furioso. A tripulação do navio tudo fez para evitar o naufrágio. Infelizmente, depois de dois dias de luta incessante, o navio foi tragado pelas ondas.

Diogo Álvares, o comandante e alguns marinheiros conseguiram, a muito custo, alcançar a praia. Diogo Álvares foi o último a chegar. E ainda estava nadando quando viu, de longe, o comandante e os marinheiros serem mortos pelos índios.

Diogo Álvares logo que caiu, exausto, na praia, foi aprisionado. Não foi, porém, massacrado, como esperava. Sua pele alva despertou o apetite dos indígenas e a admiração de uma jovem índia, Paraguaçu, filha do cacique Taparica. Conduzido à taba, foi entregue às mulheres para ser engordado. Mais tarde, seria morto e comido.

Diogo Álvares teve, porém, a sorte de carregar consigo uma espingarda e um pouco de pólvora. Um dia, estava à porta de sua maloca, sob a vigilância das mulheres, quando avistou um pássaro voando em sua direção. Levou a arma ao rosto e fez a pontaria. Pum! Um tiro ecoou no espaço e o pássaro caiu morto.

Ouviu-se, então, um alarido infernal. Os índios estavam aterrorizados. Nunca tinham visto uma espingarda atirar. Para eles, Diogo Álvares era um demônio que manejava o raio. E exclamaram, pálidos de espanto: "Caramuru! Caramuru!", que quer dizer "homem do fogo" ou "filho do trovão".

Daí por diante, Diogo passou a ser o verdadeiro chefe daquela tribo. Casou-se com a linda Paraguaçu, filha do cacique dos tupinambás, e ajudou estes, graças ao terror que infundia sua espingarda, a derrotar todas as tribos inimigas.

Tempos depois, Diogo Álvares, saudoso da Europa, embarcou com sua esposa num navio francês que apareceu na Bahia, região onde se encontrava. Chegando à França, foi conduzido, em Paris, à presença do rei Francisco I.

Ficou esse monarca tão interessado por Diogo e Paraguaçu que resolveu casá-los na igreja. A cerimônia foi realizada por um bispo. O enxoval foi oferecido pela rainha e por fidalgas francesas.

Passados alguns meses, Diogo e Paraguaçu voltaram para a Bahia. Preferiram viver nas selvas, no meio dos índios, a gozar, em Paris, as delícias da civilização. Caramuru e sua esposa tiveram muitos filhos e ajudaram bastante os portugueses a colonizar o Brasil.

O sonho de Paraguaçu

Numa aldeia, à entrada da baía de Todos os Santos, residia Diogo Álvares, o Caramuru. Em certa manhã de maio de 1536, sua esposa, Catarina Paraguaçu, contou-lhe um sonho que tivera, por duas vezes, durante aquela noite: vira, numa praia, um navio destroçado, alguns homens esfarrapados e, no meio deles, uma mulher alva e formosa, tendo nos braços uma linda criancinha.

Julgando que o sonho de sua esposa era um aviso do céu, Caramuru mandou explorar as praias vizinhas para ver se encontrava os restos de algum navio naufragado e os tripulantes que ainda estivessem vivos. Mas nada foi encontrado.

Nessa noite, Paraguaçu teve, outra vez, o mesmo sonho. Ordenou Diogo Álvares novas buscas. Depois de alguns dias, os índios trouxeram a notícia do naufrágio de um navio na costa da ilha de Boipeba. Sem demora, partiu Caramuru em socorro dos náufragos, trazendo-os para casa. Não foi, porém, achada nenhuma mulher.

Na noite da volta de Caramuru, sua esposa tornou a sonhar com a moça. Desta vez, ela apareceu sozinha, pedindo que a mandasse buscar e lhe fizesse uma casa. Sua voz era tão suave e harmoniosa que Paraguaçu acordou extasiada. E rogou, com insistência, ao marido que fosse novamente à ilha para ver se encontrava a misteriosa criatura.

Diogo Álvares partiu pela segunda vez e deu uma batida rigorosa em todas as aldeias indígenas da vizinhança, pois desconfiava de que os tupinambás tivessem aprisionado a moça. Finalmente, descobriu, na palhoça de um índio, uma velha mala que o mar atirara à praia, juntamente com os destroços do navio naufragado. Abrindo a mala, Diogo encontrou uma imagem da Virgem Maria com o Menino Jesus nos braços.

Ao ver a imagem, Caramuru ficou muito alegre, pois nela reconheceu os traços da moça que surgira nos sonhos de Paraguaçu. Levou-a para sua aldeia e construiu, perto de sua casa, uma ermida de taipa, onde colocou a linda imagem. Deu-lhe o nome de Nossa Senhora da Graça, por ter ela salvo os náufragos. Mais tarde, Diogo construiu outra igrejinha de pedra e cal, que foi reedificada em 1770.

Eis a história e a lenda da abadia de Nossa Senhora da Graça, protetora dos náufragos, onde jazem as cinzas da piedosa esposa de Diogo Álvares, o Caramuru. A imagem que ainda hoje se venera no altar-mor dessa igreja é a mesma que foi encontrada na palhoça do índio de Boipeba, há mais de quatro séculos.

O Caboclo-d'água

No tempo em que os índios tupinambás viviam nos sertões da Bahia, um chefe dessa tribo, vizinho dos brancos e conhecedor da sua linguagem, seduzido pelas diversões da cidade, resolveu abandonar sua gente e ir morar entre os civilizados.

Em vão seus pais, já velhos, tentaram impedir sua partida. Guaripuru – assim se chamava o jovem índio – quebrou seu arco e suas flechas, e tomou o caminho da cidade. O rapaz seguiu a margem do rio, levando no ombro apenas a sua rede de tucum. Cansado de andar, já noite, armou a rede nos galhos de um jatobá e dormiu profundamente.

Ao acordar, pela madrugada, ouviu um canto esquisito, de voz humana. Aproximou-se de mansinho da beira do rio e qual não foi o seu espanto quando viu, de pé, sobre um rochedo, no meio das águas, um homem estranho de longos cabelos negros.

Do outro lado do rio, Guaripuru avistou, através da transparência das águas, uma imensa caverna e, dentro dela, uma montanha de ouro, que brilhava como se fosse o sol. O índio tomou cuidado para não ser visto por aquele ente estranho, que devia ser Uauiara, o caboclo-d'água, o pai dos peixes, o terror dos barqueiros.

"Ah!", pensou o índio, "ali é a casa dele, feita com aquela pedra amarela, chamada ouro, que os brancos apreciam tanto! Vou guardar bem o caminho e serei um chefe entre os brancos, quando lhes apresentar pedaços daquela pedra maravilhosa".

Com tal ideia na mente, Guaripuru entrou na cidade. Não tardou muito que o jovem índio, caçador hábil e guerreiro valente, conquistasse a admiração dos brancos. Tendo-os ajudado a vencer diversas guerras, Guaripuru foi nomeado oficial dos exércitos do rei e batizado com o nome de Manuel Teles.

Resolveu, então, o índio comandar uma expedição em busca do ouro do caboclo--d'água. Uma velha índia, sua amiga, aconselhou-o a desistir da empresa, pois seria punido com a morte. Mas o oficial índio não a atendeu. E seguiu para a caverna do Uauiara.

Ao cair da noite, a expedição chegou à margem do rio. Mas, na manhã seguinte, desapareceu o seu comandante. Procuraram-no debalde, por toda a região. Os soldados resolveram então mergulhar no fundo do rio. Lá encontraram, sem vida, o corpo do seu chefe.

Guaripuru fora vítima da vingança do caboclo-d'água.

O segredo de Robério Dias

Diogo Álvares e Paraguaçu tiveram muitos filhos. Seus descendentes desempenharam um papel importante na colonização da Bahia. Alguns deles se tornaram famosos. É o caso, por exemplo, de Robério Dias, que vivia com grande luxo. Todos os objetos de sua residência eram de prata. Mas ninguém sabia de onde vinha sua riqueza. O povo murmurava que Robério Dias descobrira uma prodigiosa mina de prata, de cuja existência e situação guardava o mais absoluto segredo.

Os fatos vieram provar que o povo tinha razão. Robério Dias, no desejo de conquistar um título à altura de sua fortuna, seguiu para a Europa a fim de o solicitar do rei Filipe II. Nessa época, Portugal e o Brasil se achavam sob o domínio espanhol.

O monarca recebeu Robério Dias friamente, apesar das promessas que lhe fez o ricaço brasileiro de conseguir, para a Espanha, prata suficiente para calçar todas as ruas de Madri. Quando Robério Dias lhe falou no título de "Marquês das Minas", que ambicionava, o rei fechou a cara e disse que apenas lhe concederia a honra de ser o administrador das minas que descobrisse.

E com receio que Robério Dias não revelasse o paradeiro das minas que dizia possuir, Filipe II despachou o brasileiro para sua terra natal, sob a vigilância de pessoa de sua confiança – dom Francisco de Sousa, nomeado então governador e capitão-general do Brasil. Sua missão principal era promover o descobrimento das famosas minas de prata.

Contudo, Robério Dias não revelou o segredo de suas minas. Percebeu claramente que, se dissesse a dom Francisco de Sousa o local do seu tesouro, perderia, na certa, as minas, o título e a vida.

Mas, perseguido, sem descanso, pelo capitão-general, teve de refugiar-se nos longínquos sertões da Bahia. Lá não pôde gozar as delícias proporcionadas pela sua prata inesgotável. E acabou morrendo na mais extrema pobreza, levando para o túmulo o segredo de suas maravilhosas jazidas.

O auxílio de São Sebastião

A luta entre portugueses e franceses pela conquista da baía de Guanabara fez surgir uma das lendas mais bonitas da história do Rio de Janeiro – a de São Sebastião, padroeiro da cidade.

O fato ocorreu em outubro de 1556. Francisco Velho, mordomo da cidade, saíra com alguns companheiros, numa canoa, em busca de madeira para a construção da Capela de São Sebastião. Os franceses e os tamoios, embarcados em cento e oitenta canoas, estavam escondidos na baía, prontos para atacar os portugueses. Ao verem a canoa de Francisco Velho, resolveram armar-lhe uma cilada. Para isso, enviaram algumas canoas, com índios, para atrair o mordomo.

Francisco Velho, ao ver os tamoios, saiu em sua perseguição. Estácio de Sá, que observara, da terra, a investida do inimigo, partiu, com algumas canoas, em auxílio do mordomo. Fugiram, então, os índios, seguidos pelos portugueses.

De repente, surgiram as cento e oitenta embarcações inimigas, cujos guerreiros começaram a atacar os portugueses com um turbilhão de flechas e tiros de arcabuz. A desvantagem era enorme: para uma canoa portuguesa, trinta dos inimigos. Os franceses e tamoios já se julgavam vencedores. Mas os portugueses combatiam furiosamente, estimulados por Francisco Velho, que gritava: "Vitória por São Sebastião!"

Súbito, incendiou-se a pólvora de uma das canoas dos tamoios e houve explosão. Nesse momento, a mulher de um chefe indígena agitou os braços, soltando gritos de pavor. Houve então um grande tumulto entre os índios que, não se sabe por quê, fugiram aterrorizados.

Os portugueses, que esperavam ser vencidos pela maioria esmagadora do inimigo, ficaram surpresos com o acontecimento. Correu logo a notícia de que tinha havido um milagre. E isso foi confirmado pelos indígenas, que declararam ter visto, durante o combate, um jovem e belo guerreiro, com uma armadura refulgente, saltando de canoa em canoa para atacar os tamoios, sem ser atingido por suas flechas.

Logo que voltaram a terra, Francisco Velho, Estácio de Sá e seus companheiros correram à capela rústica, que estavam construindo, para render graças ao santo padroeiro.

Diante da ajuda milagrosa do soldado, que os portugueses não tinham visto, tornou-se crença geral que São Sebastião descera do céu para auxiliar os católicos a defender sua cidade.

Nossa Senhora da Glória

68 LESTE

Contam que certo aventureiro tomara para madrinha do seu barco Nossa Senhora da Glória. Chegando à baía de Guanabara, perto da praia de Sapuicaitoba (hoje praia do Russel), resolveu festejar o acontecimento.

Durante a festa, a imagem da santa desapareceu do nicho da embarcação e surgiu no alto da colina que havia em frente, iluminando as matas com o esplendor de suas irradiações.

Terminada a festa, foi notada a ausência da imagem. O aventureiro procurou-a, em vão, por todo o barco até que, atraído pelas luzes que brilhavam no meio da mata, foi encontrar a imagem no alto do outeiro.

Ao chegar ao lugar onde se achava a imagem, encontrou um ermitão que rezava diante da mesma. Censurou este o procedimento do aventureiro por ter tomado a santa por madrinha de sua embarcação.

E afirmou que a própria imagem mostraria onde deveria ser erguida a capela para ser venerada.

O aventureiro declarou, então, que Nossa Senhora da Glória "teria a sua capela e linda" no fim de um ano de viagem pelo mar. Nesse momento, para espanto das pessoas presentes, a imagem teria deslizado pela encosta da colina e sobre as ondas do mar até alcançar o barco aventureiro.

Pouco tempo depois, o ermitão, que se chamava Antônio Caminha, esculpiu, em madeira, a imagem da santa, que foi entronizada no alto do outeiro da Glória. Dois anjos, então, apareceram, sob a forma de dois moços louros, e esculpiram, com maravilhosa perfeição, uma imagem igual à de Caminha.

O ermitão, que era português, lembrou-se de enviar essa cópia da imagem para o Algarves, em Portugal, terra do seu nascimento. Os devotos da Glória, logo que souberam disso, foram queixar-se ao bispo. O ermitão foi censurado e preso, mas não houve tempo para impedir a partida da santa para Portugal.

A embarcação que conduzia a imagem, assaltada por furiosa tempestade, no dia de São Tomé, despedaçou-se de encontro a uns rochedos da cidade de Lajes, no Algarves. A imagem foi lançada à praia, sendo recolhida pelo povo que a reconheceu como verdadeira Senhora dos Mares.

O GIGANTE DE PEDRA

Quem chega ao Rio de Janeiro, pelo mar, e vê, de longe, as serras que circundam a baía de Guanabara, tem a impressão de que elas formam o vulto imenso de um homem deitado. Distinguem-se, perfeitamente, a cabeça, o peito, as pernas...

Conta a lenda que esse vulto é o corpo de um gigante que, há milhares de anos, guardava a Guanabara e que, tendo assassinado uma formosa índia, foi por Deus transformado em pedra. Os pescadores dizem que o Gigante de Pedra, às vezes, levanta-se e vai passear. Para isso, chama as nuvens e cobre os morros para ninguém notar sua ausência.

Essa lenda nos é contada pelos seguintes versos de Wilson Rodrigues:

Dizem os homens do mar
que, quando o gigante dorme,
parece que sonha com o sol!

Nos dias de muita luz,
quando saem para pescar,
lá veem, deitado na serra,
o gigante a sonhar.

Ai! quando há nevoeiro,
o gigante nos abandona.
Para onde o gigante vai?

Vai pelo caminho das estrelas?
Vai pelos vales distantes?
Ninguém sabe para onde ele vai...

Mas o nevoeiro passa,
e o gigante volta
para dormir sobre a serra
bem junto do mar...

Volta, gigante de pedra,
dorme, que a luz do sol é o teu luar!

O ouro de Minas Gerais

Dizem que o descobridor das jazidas de ouro de Minas Gerais foi um mulato paulista de Taubaté. Vindo a esse estado à procura de índios para escravizar, acampou perto do riacho Tripuí. Estando com sede, mergulhou uma vasilha no riacho para tirar água. Reparou, então, que a água era escura e deixava, no fundo da vasilha, uns grãozinhos de cor de aço, que julgou serem de ferro.

O mulato guardou-os e, de volta a Taubaté, vendeu-os ao bandeirante Miguel de Sousa, que os remeteu ao governador do Rio de Janeiro. Este mandou examinar os grãos, verificando que eram de ouro finíssimo!

Estavam descobertas as minas de ouro mais ricas do Brasil, passando a região, onde foram encontradas, a ser chamada das Minas Gerais.

Miguel de Sousa resolveu explorar essas minas e transpondo, a pé, a serra da Mantiqueira, os Campos Gerais e a serra das Taipas, conseguiu, finalmente, alcançar o córrego Tripuí, que quer dizer "das águas turvas".

Depois de muito trabalho, pôde recolher, na sua bateia, muitos grãos de ouro de cor escura. Daí o nome de Ouro Preto dado a esse ouro e, mais tarde, ao lugar em que o mesmo se encontrava.

O bandeirante regressou a Taubaté para organizar uma expedição, a fim de explorar melhor a mina descoberta. Teve o cuidado de marcar a posição do riacho Tripuí, usando, para isso, o pico de Itacolomi. Mas quando pretendeu, mais tarde, voltar à mina, não logrou encontrar o pico nem o riacho.

Mais quatro expedições tentaram alcançar o Tripuí, sem resultado. Só em 24 de junho de 1698, o bandeirante Antônio Dias conseguiu, finalmente, chegar às margens do famoso riacho. Esse dia assinala o começo da mineração em Minas Gerais, que era, nessa ocasião, uma das capitanias do Brasil.

Infelizmente, nessa época, a nossa pátria era colônia de Portugal. Por isso, as minas de ouro não ficaram nas mãos dos brasileiros. Antônio Dias, que iniciou a mineração em nossa terra, foi o fundador da cidade de Ouro Preto.

A descoberta dos diamantes

A descoberta dos primeiros diamantes no Brasil está ligada à mineração do ouro. O fato ocorreu no arraial do Tijuco, hoje cidade de Diamantina, em Minas Gerais.

Começaram a aparecer, de mistura com o minério de ouro, pedrinhas duras, cristalizadas, cuja natureza ninguém conhecia. Entre os mineradores, achava-se o sargento-mor Bernardo Fonseca Lobo, que reuniu grande quantidade dessas pedras e as utilizava como tentos no jogo do gamão.

Um dia, surgiu no Tijuco um homem que se dizia frade da Terra Santa, mas que, apesar do hábito religioso que vestia, era, na realidade, um impostor que assim agia para se aproveitar dos incautos.

Esse falso frade hospedou-se na casa de Fonseca Lobo. Quando viu as tais pedrinhas, seus olhos brilharam de cobiça. Percebeu logo que as mesmas eram diamantes!

Disfarçou, porém, sua emoção e pediu ao sargento-mor que lhe desse aquelas pedrinhas sem valor, pois ele as queria levar para a Terra Santa. Fonseca Lobo juntou suas pedras com as dos outros mineradores e encheu com as mesmas um saco, que ofereceu ao homem que julgava ser um sacerdote.

Na véspera da partida do frade, o sargento-mor verificou, altas horas da noite, que o quarto do seu hóspede estava com as luzes acesas. Receando que o frade tivesse adoecido, bateu na porta. Não foi atendido. Espiou pela fechadura e qual foi sua surpresa ao ver o frade contando as pedrinhas e exclamando: "Diamantes! Diamantes!"

Percebeu, então, que tinha sido ludibriado. Empurrou a porta e entrou no quarto. O frade, ao vê-lo, ficou pálido de espanto. Mas, recobrando a calma, propôs a Fonseca Lobo que dividissem o tesouro. Acreditando ainda que o homem fosse realmente um sacerdote, o sargento-mor aceitou a proposta. Pela manhã, porém, quando procurou o frade constatou que ele tinha fugido.

Fonseca Lobo reuniu todas as pedras que pôde encontrar e partiu para Portugal. Foi oferecer ao rei dom João V as jazidas de diamantes em troca do cargo de vice-rei do Brasil!

Dom João V ficou maravilhado quando viu os diamantes. Mas soltou uma gargalhada quando o rústico mineiro lhe declarou a sua pretensão. Por muito favor, nomeou-o capitão-mor da Vila do Príncipe, mais tarde Serro Frio. E foi com esse título sem nenhum valor que morreu pobre, obscuro e desamparado o homem que sonhara vir a ser o vice-rei do Brasil...

A história de Chico Rei

Um rei negro da África foi derrotado em combate e feito prisioneiro. O vencedor destruiu as aldeias, as plantações e os rebanhos do vencido. Depois, reuniu o rei, a rainha, os príncipes e os chefes guerreiros da nação derrotada e os vendeu a todos, como escravos, para o Brasil.

Chegando ao Novo Mundo, o rei negro foi comprado, com sua mulher, filhos e alguns vassalos, por um proprietário de minas de ouro. Marcharam a pé para Minas Gerais. O rei, de calças de algodão, o busto nu, caminhava à frente dos escravos, de cabeça erguida, como se fosse ainda o soberano daquela gente.

Ficaram todos em Vila Rica. O rei negro foi batizado com o nome de Francisco. Mas os outros escravos, que o respeitavam e admiravam, chamavam-no Chico Rei.

Perseverante e obstinado, o negro trabalhava nas minas, sem pausa nem descanso. A bateia, em suas mãos duras e fortes, agitava-se, sem cessar, como se fosse uma máquina. Os outros escravos, seus antigos guerreiros, seguiam o exemplo do rei. De modo que torrentes de pepitas de ouro jorravam das mãos daqueles trabalhadores incansáveis, enriquecendo, cada vez mais, o seu senhor.

Anos e anos de trabalho e privações permitiram a Chico Rei juntar o dinheiro necessário para sua alforria e a de sua mulher. Continuando a economizar, Chico Rei libertou seus filhos e, em seguida, os vassalos que o haviam acompanhado na escravidão.

Mais tarde, conseguiu comprar um pedaço de terra na Encardideira. Quando foi revolvê-lo para a plantação, descobriu uma mina de ouro. E Chico Rei ficou rico, aumentando o grupo de escravos libertados que o seguiam e veneravam.

Usando manto de veludo e coroa de ouro, Chico Rei era aclamado nas festas de Nossa Senhora do Rosário, como um verdadeiro soberano. Em sua volta, dançavam e cantavam negros e negras, entusiasmados com o garbo e o luxo de seu chefe.

No dia 6 de janeiro de cada ano, saía da Encardideira um cortejo monumental de negros, trajados de seda e enfeitados de ouro, como se fosse um reino da África bailando nas ruas de Vila Rica, em louvor da Padroeira dos Escravos. À frente, vinham Chico Rei, a rainha, suas filhas e damas de honra, todas com as carapinhas empoadas de ouro.

Quando terminava a festa, a rainha e suas vassalas banhavam a cabeça na pia de pedra que há no Alto da Cruz. No fundo da pia, ficava, brilhando, todo o ouro que enfeitara os penteados das negras. Esse ouro era utilizado para libertar outros escravos.

Por isso, em Minas Gerais, ninguém esquece Chico Rei, o negro soberano, generoso e heróico, que venceu o destino, conquistou a liberdade e concorreu, com o melhor do seu esforço, para a grandeza e a prosperidade da boa terra que o acolheu.

Os tatus brancos

Foi na época em que os bandeirantes desbravavam os sertões de Minas Gerais, em busca de ouro. Um grupo desses aventureiros ficou perdido numa região cheia de furnas e cavernas. Um velho sertanejo, que o acompanhava, falou, então, sobre o desaparecimento misterioso de gente das bandeiras anteriores. Durante a noite, muitos homens tinham sumido, sem deixar vestígios. Tinham sido vítimas dos Tatus Brancos, índios vampiros, que moravam em cavernas daquela região, e que só saíam à noite para atacar os viajantes.

A história, apesar de impressionante, não atemorizou os bandeirantes. Eles até riram dos receios do velho sertanejo. E o chefe do grupo, que era jovem e valente, pensou consigo que haveria de desvendar o mistério e descobrir os Tatus Brancos, que ninguém tinha visto, a não ser os que tinham sido por eles devorados.

Os bandeirantes foram dormir. Já era noite alta, quando um sussurro misterioso correu pela floresta. O ruído foi aumentando cada vez mais. O chefe do grupo, que estava acordado, chamou os companheiros. Ficaram todos à espera, de armas na mão. O velho sertanejo aconselhou aos rapazes que fugissem quanto antes, pois eram os Tatus Brancos que se aproximavam. Mas o chefe do grupo se opôs à fuga. Ficariam ali para o que desse e viesse.

Nesse momento, ouviu-se um grande alarido. E os bandeirantes foram atacados, com violência incrível, por milhares de índios. Os rapazes reagiram com energia feroz, mas foram vencidos pela maioria esmagadora dos assaltantes. Vivos, feridos e mortos, foram todos arrastados para uma grande caverna. Aí foram devorados pelos Tatus Brancos.

O único poupado foi o chefe dos bandeirantes, cuja juventude e beleza tinham atraído a atenção de uma princesa da tribo. Ele ficou, porém, prisioneiro no interior da caverna, sob a vigilância da índia. Mas, uma noite, teve a sorte de sair do covil juntamente com os Tatus Brancos.

Sob o pretexto de não poder correr no escuro, como os índios, afastou-se do bando e deitou-se no chão, fingindo que dormia. A princesa ficou vigiando-o, até que, exausta, adormeceu profundamente. Era o que o bandeirante desejava. Só a luz do dia poderia salvá-lo, porque os Tatus Brancos não a suportavam.

A madrugada encontrou fora da caverna a salvadora do bandeirante. Despertando, levou as mãos ao rosto, cega pelos raios do sol, e tentou arrastar o moço para a caverna. Só então ele pôde vê-la. Era branca e loura. E linda como um anjo. O bandeirante ficou com pena de abandonar a princesinha. Mas não teve outro remédio. Correu pela floresta, afastando-se, para sempre, daquele lugar maldito.

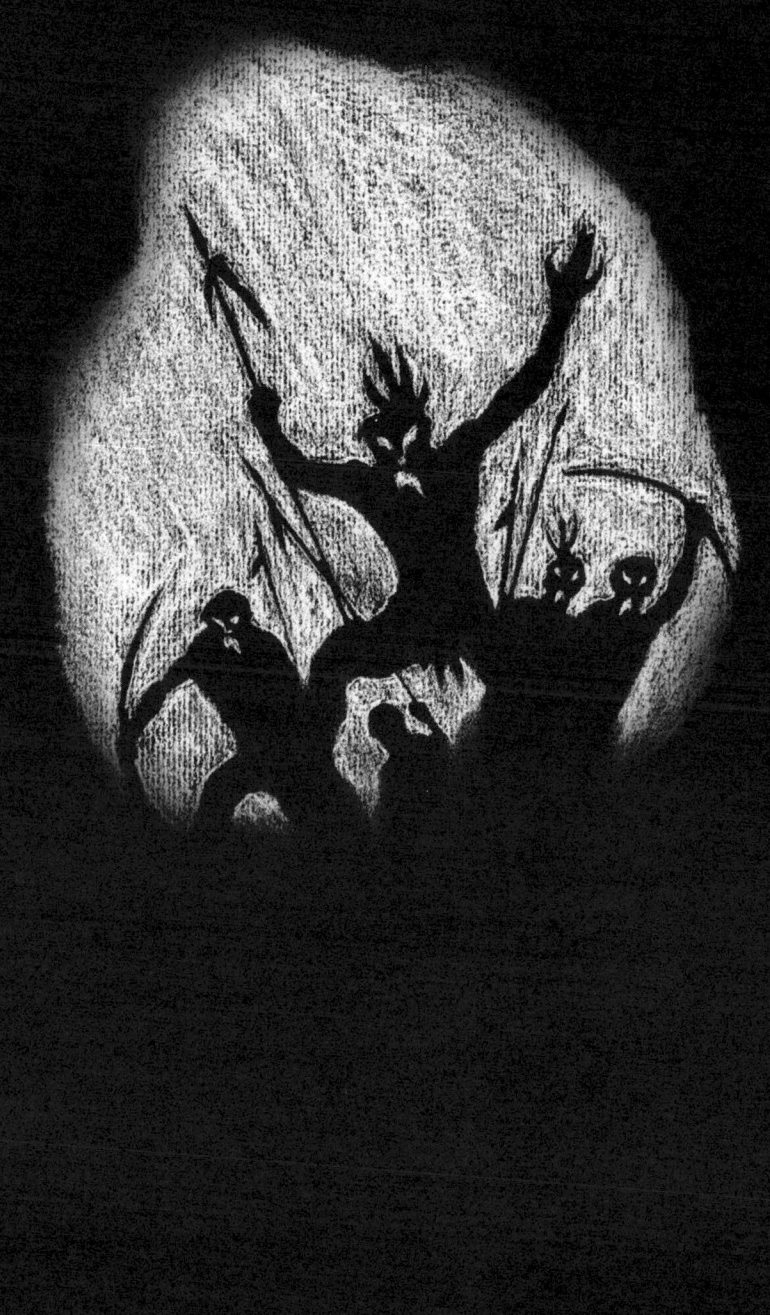

A INGRATIDÃO DOS TAMOIOS

Os índios tamoios formavam uma nação forte, aguerrida e respeitada. Seus domínios eram imensos e abrangiam a região de praias, vales e montanhas, que se estende do Espírito Santo ao Rio de Janeiro. Suas canoas velozes e intrépidas defendiam o litoral de sua nação, desde o cabo de São Tomé até Angra dos Reis. As tribos vizinhas, como as dos goitacases e goianases, não se atreviam a atacar suas tabas bem fortificadas.

Apesar de valentes e poderosos, os tamoios não sabiam cultivar a terra. Viviam somente da caça e da pesca. Por isso, eram obrigados a mudar, frequentemente, de habitação, quando os peixes e animais escasseavam em seus domínios.

Um dia, os índios estavam reunidos à beira-mar, celebrando mais uma vitória de suas armas. Quando avistaram, sobre o oceano, um homem branco, de longas barbas, que caminhava, serenamente, sobre as ondas. Houve um grande espanto entre os indígenas, pois nunca tinham visto um ser humano andar sobre as águas como em terra firme.

Era Sumé, enviado de Tupã, senhor do céu e da terra. Esse homem fazia coisas extraordinárias. Acalmava as tempestades, dominava as ondas do mar, abrandava as chuvas e as secas. Os ramos das árvores afastavam-se à sua passagem e as feras mais bravias deitavam-se, mansas, a seus pés. Impressionados com seus poderes mágicos e atraídos pela sua bondade, os tamoios tomaram Sumé para seu conselheiro.

Vendo que os índios lutavam com a falta de bons alimentos, Sumé resolveu auxiliá-los. Reuniu os homens, as mulheres e as crianças da tribo e disse-lhes: "A grande mãe é a terra; grande mãe generosa; basta acariciá-la, basta amá-la, para que ela se abra logo prodigamente em toda a sorte de bens e de venturas". Em seguida, mandou que os índios abatessem os matos fechados e revolvessem a terra. E, dando-lhes sementes de várias espécies, ordenou que as enterrassem no solo preparado.

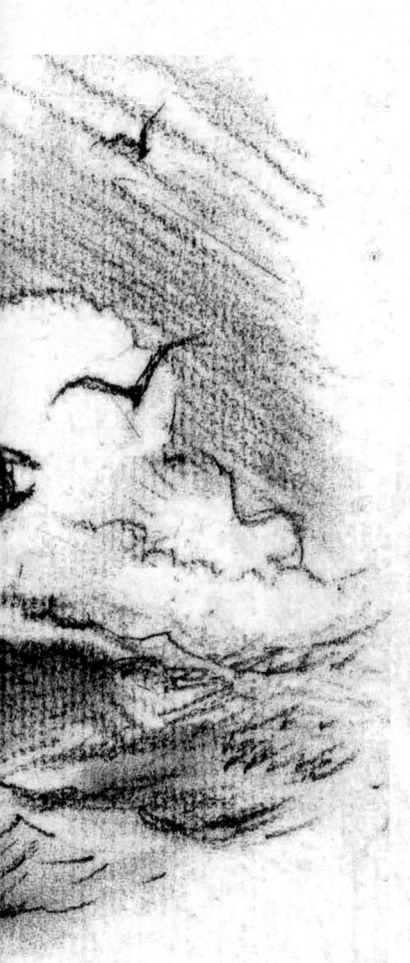

Tempos depois, voltou com os índios ao lugar onde haviam plantado as sementes. E o espanto e a alegria foram grandes, quando eles viram e provaram as plantas que tinham nascido: bananas, mandiocas, carás, milho, feijão... Sumé ensinou-lhes então a arte de fabricar farinha, moendo a mandioca; revelou-lhes, em seguida, os segredos da navegação, aperfeiçoando suas rústicas canoas; mostrou-lhes como se podia fazer tecidos e cordas, bem como construir cabanas mais fortes e resistentes. Daí por diante, os tamoios viveram felizes na paz e na abastança.

Mas, com o decorrer do tempo, os tamoios foram esquecendo tudo o que deviam a Sumé. E os pajés, com inveja do poder do homem branco, começaram a insuflar na alma dos índios o ódio e a aversão àquele que tanto fizera pela felicidade de sua tribo.

Um dia, quando saía de sua cabana, Sumé viu diante de si todos os tamoios, armados e com gestos ameaçadores. Quis dirigir-lhes a palavra, mas não pôde. Uma flecha certeira veio cravar-se em seu peito. O bom homem sorriu, arrancou a flecha do corpo e foi andando de costas, olhando para os índios. Outras flechas o atingiram. Ele continuou a sorrir, sem mágoa, enquanto arrancava as flechas do peito. E foi andando até a praia. Aí chegando, as ondas vieram beijar-lhe os pés. E Sumé, sempre de costas e sorrindo, foi caminhando, lentamente, nas águas, até que desapareceu no horizonte.

E nunca mais voltou à taba dos ingratos tamoios.

A VINGANÇA DE ANHANGÁ

Para os índios, Anhangá é o deus protetor da caça. Ele aparece sob a forma de um veado branco com olhos de fogo. Sua missão é impedir que os caçadores malvados massacrem os animais do campo. Todo aquele que persegue um animal que amamenta corre o risco de ser castigado por Anhangá.

Contam que um índio perseguia uma veada que amamentava seu filhote. Com uma flechada certeira, ele feriu o veadinho. Depois, agarrou o pequeno animal e, ocultando-se atrás de uma árvore, o torturou para fazê-lo gritar. Ouvindo os gritos do filhote, a veada aproximou-se da árvore. O índio, então, a transpassou com uma flechada.

Mas quando, muito alegre, foi contemplar o corpo de sua vítima, o índio verificou que tinha sido vítima de uma ilusão, criada por Anhangá para castigar sua crueldade. Na sua frente, achava-se a cadáver de sua mãe, morta por suas próprias mãos.

Afonso Celso narra essa lenda com os seguintes versos:

Persegue um índio uma veada,
Que amamentava um veadinho.
Fogem os dois... Não há caminho,
Vão pela mata emaranhada,
Rasgam o corpo em muito espinho,
Correndo sempre...

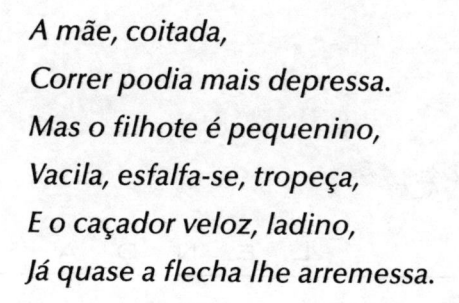

A mãe, coitada,
Correr podia mais depressa.
Mas o filhote é pequenino,
Vacila, esfalfa-se, tropeça,
E o caçador veloz, ladino,
Já quase a flecha lhe arremessa.

E correm... correm... Repentino,
O arco se entesa, a flecha voa...
O veadinho cai ferido,
Enquanto a mãe que se atordoa,
Sem ter o lance percebido,
Segue a fugir, correndo à toa,
E o rastro seu ficou perdido.
Da presa, então, se apoderando,
O índio se põe a comprimi-la,
Gritos atrozes lhe arrancando...
A mãe, bem sabe, há de atraí-la,
Por esse embuste miserando,
Lá do esconderijo onde se asila.

Ei-la que vem... Ei-la... Não tarda
Em acudir do filho ao grito,
Que mãe nenhuma se acobarda,
Se o filho ouviu chamá-la aflito.
O caçador, oculto, a aguarda,
E, quando perto a vê, perito
O arco dispara...
A flecha... zás...
O coração dela transpassa...
Exulta o índio... Bela caça!

Mas o cadáver que ali jaz
Corpo de bicho não parece.
É gente!... É gente... Que desgraça!
É uma velhinha... Quem será?
O índio se achega e reconhece
A sua própria mãe querida,
De quem, assim, tirava a vida
Por um castigo de Anhangá!

4

LENDAS E MITOS

SUL

Milagre de Anchieta	86
Virgem Aparecida	88
O Caçador de Esmeraldas	90
O crime do bandeirante	92
A gralha-azul e os pinheiros	94
A dança dos tangarás	96
Como nasceram as cataratas	98
O sacrifício de Nhara	100
A erva maravilhosa	102
As diabruras do Saci	104
O lagarto encantado	106
O Negrinho do Pastoreio	108
O mistério do Boitatá	110

Milagre de Anchieta

Entre os muitos índios catequizados pelo padre Anchieta, havia um que devia receber o nome de Diogo, quando fosse batizado. Antes de realizar essa cerimônia, o Apóstolo do Brasil teve de empreender uma longa viagem, para pacificar uma tribo de índios que se tinha rebelado contra os portugueses.

Achava-se ele no Rio de Janeiro, a muitas léguas da aldeia do índio convertido, quando este adoeceu gravemente e faleceu. Reuniram-se, então, os índios e foram velar o cadáver do companheiro, numa choça humilde, no meio da mata.

Estavam todos muito tristes, ao lado do corpo de Diogo, quando este estremeceu. E com grande espanto de todos, o índio levantou-se e disse calmamente:

— Tive de voltar... É que encontrei em caminho o senhor padre Anchieta, que mandou que eu voltasse para ser batizado...

— Mas, Diogo – observou um dos presentes –, você esteve como morto. Passou aqui deitado o tempo todo. Como pode ter encontrado o padre, que se acha muito longe de nossa aldeia?

— Não – respondeu o índio com firmeza. – Estive viajando. Encontrei o padre em caminho para cá. Ele não tarda. Vamos esperá-lo.

Mal havia proferido essas palavras, quando entrou na choupana o padre Anchieta. Estava coberto de poeira e com o bastão de peregrino na mão. Sorriu com bondade para o índio e disse-lhe:

— Vim batizá-lo, Diogo. Fique tranquilo. Com ar sereno e feliz, Diogo perguntou a Anchieta:

— O senhor padre tem ainda o escapulário que me mostrou na viagem?

— Aqui está...

E Anchieta ministrou o sacramento do batismo ao índio. Depois disso, Diogo adormeceu. E desta vez para sempre...

Muitos milagres, como este, são atribuídos ao padre Anchieta. E não é de admirar diante da bondade, da doçura e do heroísmo do Apóstolo do Brasil. Dizem que, quando Anchieta morreu, as andorinhas, que muito o amavam, voaram para o céu, formando uma cruz por cima de sua sepultura. E assim permaneceram durante largo tempo.

Virgem Aparecida

Corria o ano de 1717. O Conde de Assumar, governador de São Paulo e Minas Gerais, era esperado em Guaratinguetá. Os pescadores da vila foram avisados de que deveriam trazer o melhor peixe para a refeição do governador e sua comitiva.

Domingos Garcia, João Alves e Filipe Pedroso, moradores nas margens do rio Paraíba, cumpriram a ordem das autoridades, partindo de manhã cedo. Logo que chegaram ao meio do rio, lançaram nas águas a rede escura da tarrafa.

Repetiram os lanços muitas vezes. E nada de peixe. Os pescadores já estavam desanimados, quando sentiram que a rede tinha envolvido alguma coisa. Retirando-a do rio, os pescadores viram, enrolada no tecido da rede, uma imagem feminina de barro cozido. Os homens tinham pescado o corpo de uma santa.

Faltava-lhe, porém, a cabeça. Pouco adiante, outro lanço da rede trouxe à tona a cabeça da santa. Era uma imagem de Nossa Senhora, de invocação desconhecida, e obra de um santeiro anônimo.

Depois do precioso achado, o peixe abundou na rede dos pescadores. Cada lanço trazia para a canoa uma torrente de peixes, grandes e prateados. Antes do cair da tarde, foi preciso terminar a pescaria, porque a pequena embarcação mal se podia suster à flor das águas.

Os pescadores desceram a terra, cantando de alegria. Filipe Pedroso ficou com a imagem. Chamaram-na Virgem Aparecida, porque "apareceu" para a devoção do povo.

Filipe Pedroso a conservou em sua casa, em Lourenço Sá, durante seis anos. Depois, foi morar em Ponte Alta e aí venerou a imagem durante outros nove anos. Finalmente, fixou-se em Itaguaçu, lugar do achado, e aí a deu ao seu filho Atanásio Pedroso.

A Virgem Aparecida presidia às orações domésticas na humilde vivenda do filho do pescador. Uma noite, uma lufada de vento apagou as duas velas que iluminavam a imagem. Silvana da Rocha levantou-se para reacendê-las. Subitamente, as velas resplandeceram sozinhas.

A fama da imagem milagrosa se espalhou. O lugar em que ela se achava passou a chamar-se Aparecida. O vigário de Guaratinguetá, padre José Alves de Vilela, fez construir a primeira capelinha da Virgem Aparecida em 1743.

Milagres sucessivos levaram o nome da santa imagem a todos os recantos do Brasil. A antiga capela foi substituída por uma linda igreja, transformada, depois, em basílica. E, sob a invocação de Nossa Senhora da Conceição Aparecida, a imagem achada nas águas do rio Paraíba foi declarada pelo Papa Pio XI, em 1930, a Padroeira de Todo o Brasil.

O Caçador de Esmeraldas

Fernão Dias Pais, o famoso bandeirante, já tinha sessenta anos de idade, quando resolveu partir para Minas Gerais, a fim de descobrir as lindas esmeraldas de que tanto falavam. Reuniu, para isso, alguns índios, dois filhos, um genro e outros parentes.

Gastou sete anos viajando de São Paulo até Itacambira. Percorreu a pé mais de dois mil quilômetros. Nessa longa e penosa jornada, teve de abrir caminho no mato fechado, escalar montanhas, vadear rios, enfrentar índios e animais ferozes. Sofreu privações. Passou fome e sede. Perdeu muitos companheiros, vítimas das febres produzidas pelas ferroadas dos mosquitos dos pântanos.

No seu caminho, Fernão Dias ia fundando sítios e povoações, que deram origem a muitas cidades. Durante a viagem teve de reprimir diversas revoltas de membros de sua bandeira, mandando enforcar os chefes das rebeliões.

Marchando sempre para frente, o bandeirante paulista devassou grande parte dos sertões de Minas Gerais. Finalmente, atingiu a serra, hoje chamada de Grão Mongol, onde encontrou as famosas "pedras verdes".

Regressando a São Paulo, convencido de que tinha descoberto as esmeraldas com que tanto sonhara, Fernão Dias, já com setenta anos, contraiu uma febre e morreu nos braços do seu filho Garcia Pais, à margem do rio das Velhas.

Depois de morto, seu corpo foi embalsamado e levado, numa rede, até a vila de São Paulo, sendo enterrado no mosteiro de São Bento. Verificou-se, então, que as pedras verdes, pelas quais Fernão Dias lutara e morrera, não passavam de simples turmalinas que pouco valiam.

Em torno da vida do grande bandeirante surgiram muitas lendas. Uma delas é a da Serra Resplandecente, cujas pedras tinham cintilações verdes, à luz do sol. Na sua base ficava a lagoa de Vapabuçu. Quando Fernão Dias chegou a essa lagoa, perguntou a um índio da tribo dos mapaxós por que os selvagens impediam que os brancos chegassem até a serra Resplandecente.

O índio respondeu que a Uiara ou Mãe-D'água morava nas águas da lagoa Vapabuçu.

O seu canto seduzia os guerreiros indígenas. Atraídos pelo seu canto, os índios vinham para as margens da lagoa, onde eram afogados pela Uiara.

Os índios mapaxós pediam então a Macaxera, o deus da guerra, que salvasse os guerreiros. O deus fez a Uiara dormir e mandou que os índios vigiassem o seu sono. Os cabelos da Uiara em contato com o limo verde da lagoa viraram pedra. E Macaxera recomendou:

– A vida da Uiara está em seus cabelos. Um fio de menos será um dia de vida que perderá a Mãe-D'água. Quem arrancar as pedras verdes, terá despertado a Uiara, que poderá morrer. E, se ela acordar ou morrer, acontecerá uma grande desgraça.

Fernão Dias não teve medo da lenda e arrancou as pedras verdes da lagoa. Apesar de a Uiara não ter despertado nem morrido, o índio amaldiçoou o bandeirante. Pouco tempo depois, Fernão Dias faleceu. Ao ter notícia de sua morte, o índio exclamou:

– O emboaba morreu! A Uiara viverá!...

O crime do bandeirante

Borba Gato foi um dos mais célebres bandeirantes paulistas. Genro de Fernão Dias Pais, ajudou este a descobrir ricas minas de ouro na região de Sabará. Tendo de fazer uma longa viagem, em busca das esmeraldas, com que há muito sonhava, Fernão Dias deixou suas minas sob a guarda de Borba Gato.

Conhecendo, porém, o gênio exaltado e agressivo do genro, Fernão Dias, antes de partir, recomendou-lhe que não praticasse nenhuma violência se, porventura, alguém aparecesse com ordem do rei de Portugal, para se apoderar das minas.

Borba Gato prometeu que teria calma em qualquer emergência. Mas um golpe do destino o impediu de cumprir a promessa que fizera a seu querido sogro.

Passado algum tempo, depois da partida de Fernão Dias, desembarcou no Brasil dom Rodrigo de Castelo Branco, fidalgo espanhol, orgulhoso e prepotente, a quem dom Pedro II, rei de Portugal, concedera o título de administrador geral das minas, com jurisdição sobre todas as minas descobertas e por descobrir.

Acontece que, anos antes, o então rei de Portugal, dom Afonso VI, antecessor de dom Pedro II, concedera a Fernão Dias Pais jurisdição sobre as minas que ele viesse a descobrir, conferindo-lhe, para isso, o título de governador da Terra das Esmeraldas.

Chegando a Sabará, o fidalgo espanhol quis apoderar-se das minas de Fernão Dias, em nome de el--Rei. Naturalmente, Borba Gato a isso se opôs, fazendo um grande esforço para se manter calmo diante da atitude violenta e autoritária de dom Rodrigo.

A fim de conseguir um entendimento cordial com o fidalgo espanhol, Borba Gato propôs que os dois se encontrassem sozinhos, sem armas, num lugar afastado, apenas acompanhados por seus pajens.

Infelizmente, no meio da conferência, os dois se exaltaram. E um dos pajens de Borba Gato, temendo que seu amo fosse assassinado, deu um tiro de bacamarte em dom Rodrigo, matando-o.

Naquela época, os fidalgos eram considerados pessoas sagradas. Ai do brasileiro que matasse um fidalgo! Jamais teria perdão e sofreria o pior dos castigos! Diante disso, Borba Gato fugiu para as brenhas e foi viver no meio dos índios.

Atormentado pelas saudades da família e desfigurado pelas dificuldades da vida nas selvas, Borba Gato sofreu profunda transformação. Sua pele tornou--se crestada e escura. Suas barbas e cabelos cresceram desmedidamente. Suas unhas ficaram enormes e seus pés, deformados. Sua fisionomia adquiriu uma expressão selvagem. Borba Gato parecia um monstro!

Não podendo mais suportar as saudades da esposa e dos filhos, Borba Gato resolveu regressar à vila de São Paulo, para rever seus entes queridos. Para isso, viajou meses e meses através do sertão, tomando mil cuidados para não ser reconhecido.

Finalmente, chegou à porta de sua casa. Trêmulo de emoção, bateu palmas. Apareceu sua mulher, dona Maria Leite. Borba Gato disse-lhe quem era e procurou abraçá-la. Mas sua esposa recuou horrorizada ao ver aquele homem monstruoso. Gritou por socorro. Juntou gente. Vieram soldados. E ao saberem que aquele velho horrendo queria passar por esposo daquela bela senhora, os soldados espancaram-no sem piedade.

Borba Gato chorou, implorou, mas foi em vão. Sua mulher e suas filhas não o reconheceram. Expulso de sua própria casa, com as costas a escorrer sangue e os olhos cheios de lágrimas, o infeliz bandeirante baixou a cabeça e tomou, tristemente, o caminho das selvas, onde foi acabar seus dias...

A GRALHA-AZUL E OS PINHEIROS

Os pinhais do Paraná são muito valiosos, porque formam, às vezes, grandes florestas só de pinheiros, como se tivessem sido plantados pelo homem. Isso facilita o seu aproveitamento industrial.

Durante muito tempo, não se soube explicar como os pinheiros apareciam em grupos, em pontos afastados, sem que ninguém os plantasse. Hoje, se sabe que esse misterioso reflorestamento é obra de um pássaro – a gralha-azul. Essa ave, que é encontrada nos planaltos paranaenses, alimenta-se de pinhões, sementes do pinheiro. Para isso, descasca-os e come--lhes a polpa gostosa e nutritiva.

Mas a gralha-azul é uma ave esperta e previdente. Por isso, depois de saciar sua fome, enterra, em diversos lugares, uma certa quantidade de pinhões, para serem comidos mais tarde, quando terminada a safra das pinhas, frutos do pinheiro.

Nem todos os pinhões enterrados são comidos. Algumas gralhas morrem, outras esquecem onde enterraram os pinhões. Essas sementes esquecidas germinam e produzem grandes pinheiros, que, mais tarde, fornecem madeira para as indústrias.

Uma particularidade interessante é que a gralha-azul enterra o pinhão com a extremidade mais fina para cima, para favorecer o desenvolvimento do broto. Além disso, tira a cabeça do pinhão, porque ela apodrece ao contato com a terra e arrasta à podridão o fruto todo.

Tudo isso fez nascer a lenda de que a gralha-azul é um animal maravilhoso, criado para proteger os pinhais. E, por isso, as espingardas dos caçadores negam fogo ou explodem, sem atirar, quando eles as apontam para as gralhas-azuis.

A DANÇA DOS TANGARÁS

COMO NASCERAM AS CATARATAS

Quem viaja pelas florestas do Sul do Brasil tem, às vezes, a oportunidade de apreciar um espetáculo dos mais interessantes: a dança dos tangarás.

O viajante depara, então, com o seguinte quadro: oito ou dez passarinhos, de cor azulada e crista vermelha, trinam e bailam nos galhos de uma árvore. Um dos pássaros, o chefe, está pousado num ramo mais alto e executa um canto suave, com as penas encrespadas, a cabecinha esticada e o bico entreaberto.

Quando termina o canto do chefe, rompem os outros em coro. Há, depois, um rápido descanso, em que os passarinhos começam a saltitar, de dois em dois. A um sinal do chefe, voltam para seus lugares. Recomeça o chilreio, pondo-se o chefe a bailar, de um galho para outro. Enquanto isso, os outros passarinhos voam, cantando: um por cima dos outros, revezando-se, de modo que os primeiros ficam atrás dos últimos e estes atrás dos primeiros. É uma delícia vê-los dançar!

A dança dos tangarás fez nascer na imaginação dos sertanejos a lenda dos filhos de Chico Santos. Era um caboclo que tinha vários filhos, fortes e trabalhadores, mas doidos por bailes e fandangos. Viviam dançando. Durante a semana santa, não se puderam conter e dançaram animadamente.

Adoeceram todos de varíola e, um a um, foram morrendo. E cada um que ia morrendo tomava a forma do tangará, o pássaro dançador. E ficaram dançando todas as manhãs, cantando a mesma toada, até que Nosso Senhor tenha compaixão deles e os leve para o céu.

Como nasceram as cataratas

Uma das maravilhas do Brasil são as cataratas de Santa Maria, no estado do Paraná. Formadas pelo rio Iguaçu, essas gigantescas cachoeiras são constituídas de 276 saltos, situados três léguas acima da foz do rio. Comprimidas pelas rochas, as águas do Iguaçu, numa extensão de cinco quilômetros, despenham-se, furiosamente, de uma altura de oitenta metros! É um espetáculo formidável!

A beleza grandiosa dos saltos de Santa Maria fez nascer uma das mais formosas lendas brasileiras. Ela explica a origem dessas cataratas. É a seguinte:

Os índios caingangues, que habitavam as margens do rio Iguaçu, acreditavam que o mundo era governado por Mboi, um deus que tinha a forma de uma serpente gigantesca e era filho de Tupã, o rei dos deuses. O morubixaba dessa tribo, chamado Igobi, tinha uma filha, Naipi, tão bonita e graciosa que as águas do grande rio paravam quando a jovem nelas se mirava.

Devido à sua beleza, Naipi ia ser consagrada ao deus Mboi, passando, então, a viver somente para o seu culto. Havia, porém, entre os caingangues, um jovem guerreiro, belo como o sol, chamado Tarobá, que, ao ver Naipi, por ela se apaixonou.

No dia anunciado para a festa de consagração da bela índia ao deus-serpente, enquanto o morubixaba e o pajé da tribo embriagavam-se com cauim e os guerreiros dançavam alegremente, Tarobá fugiu com Naipi, numa canoa, que seguiu, rio abaixo, arrastada pela correnteza.

Quando Mboi soube da fuga dos dois jovens, ficou furioso. Penetrou, então, nas entranhas da terra e, retorcendo seu corpo gigantesco, produziu, na rocha, uma enorme fenda, que deu origem a uma catarata. Envolvida pelas águas dessa imensa cachoeira, a canoa dos índios fugitivos caiu de grande altura, desaparecendo para sempre!

Diz a lenda que Naipi foi transformada numa das rochas centrais da catarata, perpetuamente fustigada pelas águas revoltas. E Tarobá foi convertido numa árvore, situada à beira do abismo e inclinada sobre a garganta do rio.

Debaixo dessa árvore, acha-se a entrada da gruta, de onde o monstro vingativo e cruel vigia, eternamente, as suas duas vítimas.

O SACRIFÍCIO DE NHARA

Outra lenda dos índios caingangues é a que explica a origem do milho. Ei-la:

Nhara era um velho índio que sofria muito com a falta de alimentos com que lutava o seu povo. Resolveu então oferecer sua vida a Tupã, para que, do seu sacrifício, resultasse um bom alimento para os índios de sua tribo.

Chamou seus filhos e genros e mandou que eles fizessem um roçado nos taquarais e, depois, os queimassem. Feito isso, ordenou que o conduzissem ao meio do roçado. Chegando ali, falou aos filhos e genros:

— Tragam cipós grossos.

Quando estes lhe foram trazidos, o velho disse:

— Agora vocês amarrem os cipós ao meu pescoço, arrastem-me pela roça, em todas as direções, e, quando eu estiver morto, enterrem-me no centro dela e vão para o mato pelo espaço de três luas. Passado esse tempo, quando voltarem, hão de achá-la coberta de frutos que, plantados todos os anos, livrarão vocês da fome.

Os filhos e genros de Nhara começaram a chorar, dizendo que não fariam tal coisa. Mas o velho lhes falou com energia:

— O que ordeno é para o bem de vocês; se não fizerem o que mando, viverão sofrendo e muitos morrerão de fome. Além disso, estou muito velho e cansado de viver.

Os índios choraram copiosamente, mas tiveram de cumprir a ordem de Nhara. Em seguida, foram para a floresta colher frutas. Passadas as três luas, voltaram e encontraram a roça coberta de uma planta com espigas, cheias de frutinhas douradas, a que deram o nome de "milho". Quando as plantas ficaram maduras, chamaram todos os parentes e repartiram com eles as espigas.

É por essa razão que os índios caingangues têm o costume de plantar suas roças e irem caçar e comer frutas durante três ou quatro luas. O milho é deles; é da sua terra; não foram os brancos que o trouxeram. Deram ao milho o nome de "nhara", em lembrança do bom velhinho que tinha este nome e que, com seu sacrifício, o produziu.

A ERVA MARAVILHOSA

Numa grande taba, situada nas florestas do Sul do Brasil, um grupo de índios estava reunido em torno de uma fogueira. Celebravam uma caçada feliz. Comiam, bebiam e conversavam alegremente. De repente, surgiu uma discussão entre dois jovens guerreiros da tribo: Piraúna, que tinha um colar feito com dentes de cem inimigos por ele vencidos, e Jaguaretê, cuja força e coragem eram iguais à da onça, da qual tinha o nome.

A discussão entre os guerreiros tornou-se cada vez mais violenta. E houve um momento em que Jaguaretê, sentindo-se insultado por Piraúna, desferiu, em sua cabeça, um golpe terrível de tacape, matando-o.

Os índios ficaram revoltados com o gesto criminoso de Jaguaretê.

Imediatamente, ele foi dominado pelos outros guerreiros e amarrado ao poste de torturas. De acordo com as leis da tribo, os parentes do morto tinham o direito de tirar a vida do assassino.

Mas o velho e sábio Curuaçu, pai de Piraúna, declarou que não desejava o sangue de Jaguaretê. Não fora ele que matara seu filho. Fora Anhangá, o espírito mau, que o fizera abusar do cauim e tirar a vida de Piraúna. Jaguaretê não seria morto, mas teria de abandonar a tribo e viver sozinho nos sertões longínquos.

Os índios aceitaram a decisão do velho guerreiro. Jaguaretê foi desamarrado e, recebendo suas armas, deixou imediatamente a tribo, desaparecendo no seio da floresta.

Passaram-se muitos anos. Um belo dia, um grupo de índios, que se aventurara a caçar em região muito distante de sua tribo, descobriu, no interior da mata, uma cabana solitária, onde vivia um homem alto e forte, de aparência moça, apesar de seus cabelos brancos.

Esse homem estranho recebeu os jovens guerreiros com cordialidade e alegria. E serviu-lhes uma bebida de sabor delicioso. Os visitantes perguntaram ao velho por que vivia ali sozinho. Ele então contou-lhes a sua história.

Era Jaguaretê, o índio exilado. Depois de sua expulsão da tribo, dominado pela tristeza e pelo remorso, ele caminhara dias e dias, através da floresta sem fim. Quase morto de cansaço, caíra desfalecido num lugar onde cresciam árvores que lhe eram desconhecidas.

Adormeceu profundamente. Teve, então, um sonho em que lhe apareceu a deusa Cáa-Iari, protetora dos ervais, que lhe ensinara a preparar com as folhas daquelas árvores uma bebida maravilhosa, a mesma que lhes servira.

Graças às propriedades mágicas dessa planta, que lhe restituíra as forças e lhe dera novas energias, Jaguaretê escapara da morte e conseguira conservar-se forte e sadio, durante os longos anos que passara afastado de sua querida tribo.

E foi assim que os índios do Sul do Brasil aprenderam a usar o "cáa", nome que dão à erva--mate, com que se prepara a deliciosa bebida apreciada por todos os brasileiros.

As diabruras do Saci

Os sertanejos estão certos de que o saci-pererê existe. É um molequinho perneta, preto e lustroso como piche, de olhos vivos cor de sangue, barrigudinho, com um nariz de socó. Tem a mão furada, orelhas de morcego e uma carapuça vermelha na cabeça. Corre como um raio, aparece e desaparece, cresce e diminui. Quando trepa num barranco, deixa três riscos, sinal de que tem três dedos. Quando vê gente, solta um assobio de furar ouvidos, põe a língua comprida para fora e deita fumaça pelos olhos.

Mal o sol descamba no horizonte, os sapos pulam de seus esconderijos e os bacuraus surgem voando, ouve-se, às vezes, um assobio agudo e estridente; é o saci-pererê. Começam então as suas diabruras. Se houver, nas proximidades, um cavalo – coitado! –, é o primeiro a sofrer as maldades do saci. Com um laço de cipó, ele pega o pobre animal, salta-lhe na garupa e corre para o pescoço. O cavalo, apavorado, dá pinotes, esperneia, dá coices, mas debalde. O capeta do pretinho finca-lhe os dentes na veia do pescoço e chupa-lhe o sangue até enjoar. No dia seguinte, o animal está magro, abatido, exausto, cabeça pendida, como se tivesse corrido dez léguas sem parar.

    Os sertanejos procuram evitar que o cavalo seja atacado pelo saci, colocando-lhe no pescoço um rosário de capim ou um bentinho. É água na fervura. Não podendo maltratar os cavalos, o saci procura então azucrinar os homens. Se, tarde da noite, encontra na estrada algum viajante, ai dele! Solta-lhe logo no ouvido um assobio de ensurdecer e pula na garupa da montaria. E faz tantas diabruras que o homem não resiste e acaba perdendo os sentidos. Pior será se o viajante quiser reagir. O saci fica furioso e é capaz de matá-lo de cócegas ou de pancada. Outras vezes, o saci é mais camarada. Não bate nem mata. Mas derruba o chapéu do viajante, espanta-lhe a montaria, desmancha o freio, arrebenta a cilha, faz a sela escorregar e mil outras molecagens. Em casa, os negros são os que mais padecem. O saci faz-lhes cócegas e puxa-lhes a coberta, quando estão no melhor do sono. Arranca os cabelos dos crioulinhos e joga-lhes cinza nos olhos. Rasga a saia e pisa os calos das negras. Quando deixa os pretos em paz, esconde os objetos, estraga a massa do pão, faz queimar a comida nas panelas, esparrama as brasas do fogão. Depois, vai para o quintal, arranca as hortaliças, espalha a farinha do monjolo, maltrata as galinhas e remexe o ninho das poedeiras, fazendo gorar os ovos.

    Contudo, não é difícil apanhar o saci. Basta um rosário de capim bem manejado. Pode-se também usar um bentinho ou uma peneira emborcada. Mas o recurso mais forte é rezar o Credo. O saci dá um assobio estridente, solta uma fumaça vermelha e desaparece, para nunca mais voltar. O saci é um moleque danado! Mas só existe na imaginação dos sertanejos...

O LAGARTO ENCANTADO

Contam que, um dia, o sacristão da igreja de São Tomé, no Rio Grande do Sul, reparou que as águas da lagoa vizinha borbulhavam de modo estranho. Aproximando-se, para melhor observar, cessou o rumor das águas e saiu do fundo da lagoa um teiú-iaguá, espécie de lagarto escuro, lanhado de amarelo, tendo encravada, no alto da cabeça, uma pedra preciosa, de brilho resplandecente. Era um carbúnculo.

O sacristão levou o teiú para casa e alimentou-o carinhosamente. O teiú, que era encantado, ofereceu todas as riquezas da terra: minas de pedras preciosas, sacos cheios de moedas de ouro, fazendas, gado. Depois disso, o lagarto transformou-se numa linda moça.

O sacristão, que tinha recusado as riquezas que lhe tinham sido oferecidas, não resistiu aos encantos da moça. Casou-se, secretamente, com ela, e passou a viver em sua companhia dentro da própria igreja.

Descoberto o seu casamento com o lagarto, o sacristão foi condenado ao suplício da forca. No momento, porém, em que ia ser executado, o teiú-iaguá, que desaparecera, surgiu da lagoa, abrindo um sulco no solo, o qual ainda hoje existe. O bicho correu em auxílio do sacristão. Então, a terra tremeu e as águas dos rios e lagos ferveram. Um grande terror apoderou-se de toda a gente. O rapaz foi arrancado do patíbulo por mão invisível. E o teiú-iaguá, levando-o no dorso, atravessou o rio Uruguai, descansou em São Borja e seguiu para o cerro de Jarau.

Mais de dois séculos se passaram. O rapaz está vivo na companhia do lagarto encantado, no meio de tesouros maravilhosos. Mas sente-se infeliz por não ser favorecido pelo descanso da morte. De nada valem as pedras preciosas que o cercam. O teiú-iaguá encontra-se a seu lado, indicando, com o seu carbúnculo resplandecente, os lugares onde existem jazidas inesgotáveis de pedras preciosas.

O Negrinho do Pastoreio

Era uma vez um estancieiro muito rico, mas egoísta e mau, que não dava esmola aos pobres nem ajudava a ninguém. Tinha um filho sardento, feio e perverso, e um escravo, ainda menino, preto como o carvão, bonitinho e bondoso, a quem todos chamavam de Negrinho.

O escravo não tinha nome nem padrinho; por isso, se dizia afilhado de Nossa Senhora, que é a madrinha dos que nada têm. Mal raiava o dia, o Negrinho montava um cavalo baio e saía para pastorear o rebanho do seu senhor. Trabalhava o dia todo e quando voltava, à noite, para casa, ainda tinha de sofrer as maldades do filho do estancieiro.

Certo dia, um vizinho disse que o seu cavalo era mais veloz do que o baio do estancieiro e desafiou este para uma corrida. Apostaram uma grande quantia de dinheiro. O estancieiro mandou que o Negrinho montasse o seu cavalo. Mas, quase no fim da corrida, quando já estava na frente, o baio se espantou e o outro cavalo o venceu.

O estancieiro ficou indignado por ter perdido a aposta e pôs toda a culpa no Negrinho. Chegando em casa, deu no escravo uma surra de chicote até ver o sangue escorrer. E no dia seguinte, pela madrugada, ordenou que ele fosse pastorear trinta cavalos, durante trinta dias, num lugar muito distante e deserto. Lá chegando, cheio de dores pelo corpo, o escravo começou a chorar, enquanto os cavalos pastavam. Veio a noite escura, apareceram as corujas, e o Negrinho ficou tremendo de pavor. Mas, de repente, pensou na sua madrinha, Nossa Senhora, e então sossegou e dormiu.

Durante a noite, os cavalos se assustaram e fugiram, espalhando-se pelo campo. O Negrinho acordou com o barulho, mas nada pôde fazer, porque a cerração era muito forte. Apareceu, nessa ocasião, o filho do estancieiro que, maldosamente, foi contar ao pai que o Negrinho tinha deixado, de propósito, os cavalos fugirem.

O estancieiro mandou surrar, novamente, o escravo. E, quando já era noite fechada, ordenou-lhe que fosse procurar os cavalos perdidos. Gemendo e chorando, o Negrinho pensou na sua madrinha, Nossa Senhora, e foi ao oratório da casa, apanhou um coto de vela que estava aceso diante da imagem e saiu pelo campo.

Por onde o Negrinho passava a vela ia pingando cera no chão e, de cada pingo, nascia uma nova luz. Em breve, havia tantas luzes que o campo ficou claro como o dia. Os galos começaram a cantar e, então, os cavalos foram aparecendo, um por um... O Negrinho montou no baio e tocou os cavalos até o lugar que o senhor lhe marcara.

Gemendo de dores, o Negrinho deitou-se. Nesse momento, todas as luzes se apagaram. Morto de cansaço, ele dormiu e sonhou com a Virgem, sua madrinha. Mas, pela madrugada, o filho perverso do estancieiro apareceu, enxotou os cavalos e foi dizer ao pai que o Negrinho tinha feito isso para se vingar.

O estancieiro ficou furioso e mandou surrar o Negrinho até que suas carnes ficassem retalhadas e seu sangue escorresse. A ordem foi cumprida e o pequeno escravo, não podendo suportar tanta crueldade, chamou por Nossa Senhora, soltou um suspiro e pareceu morrer.

Como já fora noite, para não gastar enxada fazendo cova, o estancieiro mandou atirar o corpo do Negrinho na panela de um formigueiro, para que as formigas lhe devorassem a carne e os ossos. E assanhou bastante as formigas. Quando estas ficaram bem enraivecidas, começaram a comer o corpo do escravo. O estancieiro, então, foi embora, sem olhar para trás.

No dia seguinte, o senhor voltou ao formigueiro para ver o que restava do corpo de sua vítima. Qual não foi o seu espanto quando viu, de pé, sobre o formigueiro, vivo e risonho, o Negrinho, tendo ao lado, cheia de luz, Nossa Senhora, sua madrinha! Perto, estava o cavalo baio e o rebanho de trinta animais. O Negrinho pulou, então, sobre o baio, beijou a mão de Nossa Senhora, e tocou o rebanho, a galope.

O mistério do Boitatá

Os sertanejos do Brasil, quando saem à noite de casa, têm receio de encontrar o boitatá ou cobra de fogo. É o gênio protetor dos campos e relvados naturais. Os que destroem ou incendeiam as campinas verdejantes são castigados pelo boitatá. Ele os mata pelo medo ou pelo fogo.

Geralmente, o boitatá aparece sob a forma de uma enorme serpente com os olhos rutilantes, como dois grandes faróis acesos. Em certas regiões, porém, o monstro toma a forma de um touro gigantesco com um só olho cintilante na testa.

Contam que o boitatá era uma cobra imensa que dormia sossegada na sua cova. Como o lugar em que vivia fosse muito escuro, ela era obrigada a abrir muito os olhos para enxergar na treva. Por isso, suas pupilas cresceram e ficaram enormes.

Um dia, começou a chover sem parar. Parecia um novo dilúvio. As águas foram subindo e cobriram as planícies. Os animais correram todos para a montanha, onde se reuniram.

A cobra-grande, ou boiguaçu, foi obrigada a sair de sua cova. Subiu também para a montanha. E começou a devorar todos os animais que encontrava. Mas só comia os olhos dos bichos. Dentro de sua barriga os olhos dos animais comidos continuaram a brilhar. O corpo da serpente ficou transparente e luminoso. E seus olhos imensos tornaram-se ainda maiores. Pareciam duas fornalhas acesas. E o boiguaçu virou boitatá!

Dizem que a cobra foi castigada pela sua malvadeza. E obrigada a vigiar eternamente os campos, assombrando os viajantes descuidados. Sua missão é proteger as campinas e relvados contra os incêndios e destruições.

Quem encontra o boitatá pode ficar louco, cego ou morrer de medo. Para a gente se livrar do monstro, quando ele surge à nossa frente, basta ficar quieto, de olhos fechados e com a respiração presa. Ele acaba indo embora. Atirar em cima do boitatá um objeto de ferro também dá resultado. Mas, se o viajante tiver medo e fugir, está perdido. O boitatá persegue-o, enlouquece-o e queima-o com o fogo de seus olhos.

O mito do boitatá parece ter-se originado do fogo-fátuo ou santelmo, pequeno penacho luminoso, que aparece nos mastros dos navios, por causa da eletricidade, ou, à noite, sobre os pântanos e nos cemitérios, e que são apenas emanações de fosfato de hidrogênio, produto da decomposição de substâncias animais.

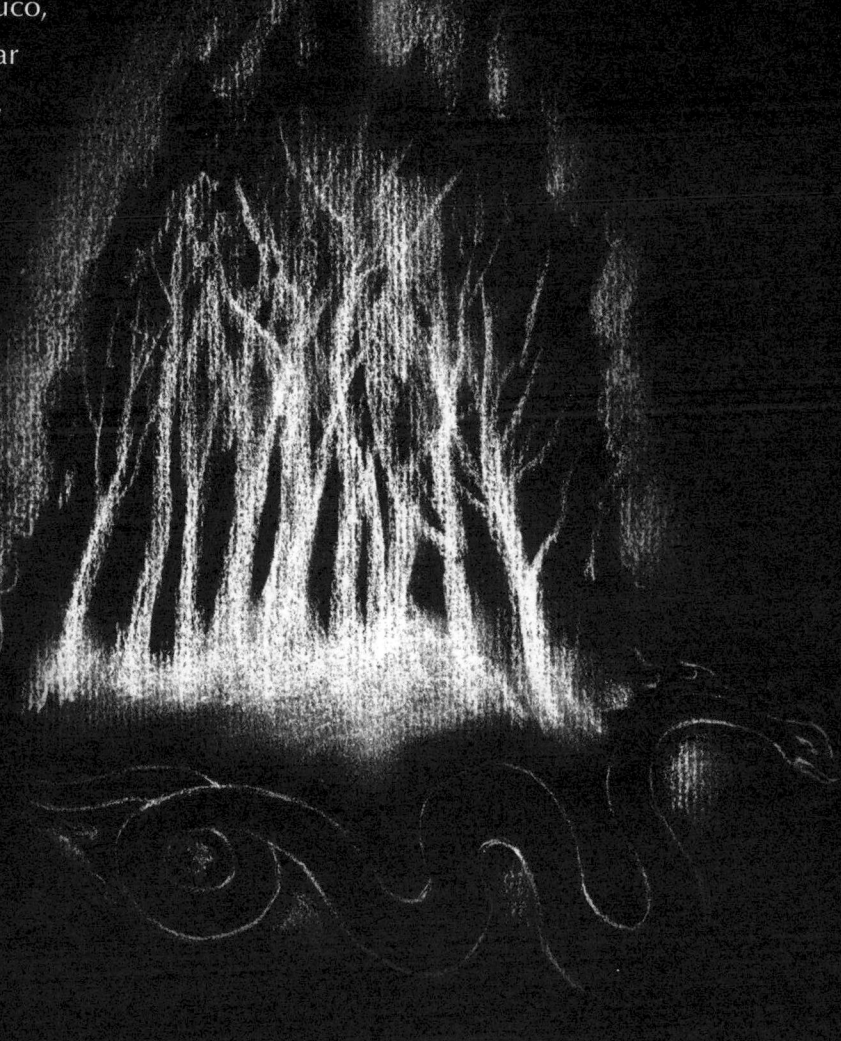

5

LENDAS E MITOS

Centro-Oeste

A ASTÚCIA DE ANHANGUERA	114
O MOLEQUE AMALDIÇOADO	116
A ORIGEM DAS ESTRELAS	118
AS LÁGRIMAS DE POTIRA	120
A VELHA GULOSA	122
A MULA SEM CABEÇA	124
A MÃE DO OURO	126

A astúcia de Anhanguera

Bartolomeu Bueno da Silva era um bandeirante corajoso e audaz. Com setenta anos de idade, partiu de São Paulo à frente de sua gente, para explorar, em Minas Gerais, as jazidas de ouro que haviam sido descobertas por Borba Gato. Aí chegando, com sua costumeira astúcia, conseguiu apoderar-se de grande extensão de terras e minas nas regiões vizinhas do rio das Velhas.

Tendo tomado parte na Guerra dos Emboabas, travada entre paulistas e portugueses, o famoso bandeirante achou mais prudente afastar-se de Minas Gerais, onde os ânimos continuavam exaltados. Rumou, então, para as terras de Goiás, onde se dizia existir riquíssima jazida de ouro, chamada "Minas dos Martírios". Prova da riqueza dessa mina era o fato de os índios goianases, que viviam nessa região, usarem enfeites de ouro!

Os índios goianases eram bravios e desconfiados. Por isso, opuseram-se a que o bandeirante paulista e sua gente penetrassem a região da mina de ouro, onde estavam situadas as suas malocas. Vendo que não podia vencer os índios pela força, Bueno da Silva resolveu usar de astúcia.

Mandou chamar o tuxaua dos goianases e disse-lhe que se não o levasse à mina de ouro, ele, chefe dos bandeirantes, que tinha poderes mágicos, queimaria as águas dos rios e dos lagos.

O tuxaua teve um sorriso desdenhoso. Não acreditava que o chefe branco tivesse tamanho poder. Nenhum feiticeiro seria capaz de queimar as águas.

Bueno da Silva, que já tinha arquitetado um plano, mandou vir um tonel de aguardente e disse para o tuxaua e os índios que o acompanhavam:

– Aqui está um pouco de água dos rios e dos lagos. Vou queimá-la!

E ateou fogo à aguardente. Surgiram logo as chamas azuladas do álcool. Os índios recuaram cheios de terror. E o bandeirante, mostrando o fogo, disse:

– Vejam! Pus fogo na água! Posso queimá-la! Vou fazer o mesmo com os rios e os lagos!

Diante dessa ameaça, os índios exclamaram, apavorados:

– Anhanguera! Anhanguera! – o que quer dizer: "Diabo Velho! Diabo Velho!"

Pensavam, com razão, os selvagens que o chefe bandeirante fosse um demônio poderoso, um ente sobrenatural. E, trêmulos de medo, mostraram a Bueno da Silva o caminho das "Minas dos Martírios", onde o ouro brilhava à flor da terra.

E assim, graças à sua astúcia, Bartolomeu Bueno da Silva voltou para São Paulo cheio de riquezas. E ficou sendo conhecido, em todo o Brasil, pelo apelido de Anhanguera, isto é, Diabo Velho.

O MOLEQUE AMALDIÇOADO

CENTRO-OESTE

Nunca se viu negrinho mais vadio e malcriado do que Romãozinho. Ele nasceu sem um pingo de bondade no coração. Seu maior divertimento era perseguir os animais, destruir as plantas, azucrinar os homens e maltratar os outros meninos. Gostava de ser mau e perverso.

Um dia, sua boa mãe mandou-o levar o almoço ao pai, que trabalhava num roçado muito afastado de casa. Romãozinho, grande preguiçoso, ficou irritado, mas foi. No caminho, abriu a cesta e comeu toda a galinha. Depois, juntou os ossos, embrulhou-os na toalhinha e foi entregar ao pai.

Quando o velho, que estava com muita fome, viu somente ossos no fundo da cesta, ficou indignado. E perguntou que brincadeira era aquela. Romãozinho, mentiroso e malvado, aproveitou a revolta do pai para se vingar de sua mãe inocente. E disse que a negra tinha comido a galinha e o obrigara a trazer os ossos para o velho. E acrescentou que ela o odiava e desejava a sua morte.

Ao ouvir a mentira do filho, o negro bufou de raiva. Meteu a enxada na terra, largou o serviço e saiu correndo para casa. Encontrou a mulher no alpendre e, louco de indignação, puxou da faca e cravou-a, muitas vezes, no corpo da velha.

Agonizante, a negra amaldiçoou o filho perverso, que estava rindo: – Não morrerás nunca! Não conhecerás o céu, nem o inferno, nem o descanso, enquanto o mundo for mundo!...

O marido não resistiu ao arrependimento. Morreu pouco depois. Romãozinho desapareceu, sempre rindo.

Esse caso sucedeu, há muitos anos, no estado de Goiás. O moleque amaldiçoado ainda está vivo e do mesmo tamanho. Não para nunca. Anda por todas as estradas fazendo estrepolias e malvadezas. Persegue os animais, atira pedras no telhado das casas, espanta os viajantes nos caminhos, corre atrás das mulheres, amedronta as crianças, destrói as plantações, põe fogo nas matas.

Romãozinho não morrerá jamais. Ficará, para sempre, vagando pelo mundo. E, como levantou falso testemunho contra sua própria mãe, nem mesmo no inferno haverá lugar para ele...

A ORIGEM DAS ESTRELAS

Os índios bororós de Mato Grosso explicam a origem das estrelas da seguinte maneira: há muito tempo, as mulheres de uma tribo saíram à procura de milho e levaram, em sua companhia, um menino. Acharam grande quantidade de espigas maduras. Debulharam, então, as espigas e socaram o milho, com o fim de fazer pão e bolo para os homens que tinham ido à caça.

O menino conseguiu subtrair uma porção de milho em grão e, para esconder o furto, encheu umas taquaras que havia preparado para isso. Voltando à sua cabana, entregou o milho à avó, dizendo:

— Nossas mães estão na mata fazendo pão de milho. Faz um para mim, pois desejo comê-lo com meus amigos.

A avó satisfez o neto. Quando o pão ficou pronto, ele e seus amigos o comeram. Depois, para não serem denunciados, amarraram os braços e prenderam a língua da velha. Em seguida, cortaram a língua do papagaio da casa e puseram em liberdade todos os pássaros criados na aldeia.

Temendo a ira de seus pais, os meninos resolveram fugir para o céu. Dirigiram-se para a floresta e chamaram o colibri. Colocaram no bico do passarinho uma corda muito comprida, dizendo-lhe:

— Pega esta corda e amarra a ponta neste cipó. A outra extremidade prenderás lá em cima, no céu.

O colibri fez o que lhe foi pedido. Então, os meninos, um após outro, foram subindo, primeiro pelo cipó e, depois, pela corda que o pássaro tinha amarrado na ponta do cipó.

Nesse momento, as mães voltaram e, não achando os filhos, perguntaram por eles à velha e ao papagaio. Não obtiveram, porém, nenhuma resposta. Nisso, uma das mães viu uma corda que chegava até às nuvens e nela pendurada uma longa fila de meninos, que subia para o céu.

Ela avisou logo às outras mulheres, e todas correram para a mata. Imploraram, chorando, aos filhos para que voltassem para casa, mas não foram atendidas. Os meninos continuaram a subir. Então, as mulheres, vendo que seus rogos eram inúteis, começaram também a subir pelo cipó e, em seguida, pela corda.

O menino que tinha roubado o milho era o último da fila e foi, portanto, o último a chegar ao céu. Quando viu todas as mães agarradas à corda, cortou-a. As mulheres caíram umas sobre as outras e, ao atingirem a terra, transformaram-se em animais selvagens.

Como castigo pela sua monstruosa malvadeza, os meninos foram condenados a olhar, todas as noites, fixamente para a terra, para ver o que acontecera a suas mães.

Seus olhos são as estrelas.

As Lágrimas de Potira

A descoberta das minas de diamantes, no Brasil, deu origem a diversas lendas. Vejamos uma das mais interessantes:

Há muito tempo, vivia à beira de um rio uma tribo de índios. Dela fazia parte um casal muito feliz: Itagibá e Potira. Itagibá, que significa "braço forte", era um guerreiro robusto e destemido. Potira, cujo nome quer dizer "flor", era uma índia jovem e formosa.

Vivia o casal tranquilo e venturoso, quando rebentou uma guerra contra uma tribo vizinha. Itagibá teve de partir para a luta. E foi com profundo pesar que se despediu da esposa querida e acompanhou os outros guerreiros. Potira não derramou uma só lágrima, mas seguiu, com os olhos cheios de tristeza, a canoa que conduzia o esposo, até que essa desapareceu na curva do rio.

Passaram-se muitos dias sem que Itagibá voltasse à taba. Todas as tardes, a índia esperava, à margem do rio, o regresso do esposo amado. Seu coração sangrava de saudade. Mas permanecia serena e confiante, na esperança de que Itagibá voltasse à taba.

Finalmente, Potira foi informada de que seu esposo jamais regressaria. Ele havia morrido como um herói, lutando contra o inimigo. Ao ter essa notícia, Potira perdeu a calma que mantivera até então e derramou lágrimas copiosas.

Vencida pelo sofrimento, Potira passou o resto de sua vida à beira do rio, chorando sem cessar. Suas lágrimas puras e brilhantes misturaram-se com as areias brancas do rio.

A dor imensa da índia impressionou Tupã, o rei dos deuses. E este, para perpetuar a lembrança do grande amor de Potira, transformou suas lágrimas em diamantes.

Daí a razão pela qual os diamantes são encontrados entre os cascalhos dos rios e regatos. Seu brilho e sua pureza recordam as lágrimas de saudade da infeliz Potira.

A velha gulosa

Era uma vez uma velha muito gulosa chamada Ceiuci. Um dia estava ela pescando, quando viu um rapaz dentro da água. Por malvadeza, atirou a rede, mas nada pegou, porque ali estava apenas a sombra do moço. Este, ao ver o engano da velha, soltou uma boa gargalhada. E continuou a pescar.

A velha ficou irritada e disse às abelhas para atacarem o rapaz. Mas este quebrou o galho de uma árvore e, com este, espantou as abelhas. A velha mandou, então, as tocandiras. O moço, não podendo defender-se das horríveis formigas, atirou-se no rio. A velha lançou a tarrafa e conseguiu pegá-lo. Em seguida, levou-o para casa.

Tendo que ir buscar lenha no mato, a velha deixou o rapaz no terreiro. Ele gritou por socorro, sendo ouvido pela filha de Ceiuci, que veio ver o que estava acontecendo. Ao deparar com o moço, ficou com pena e soltou-o. Pôs em seu lugar, na tarrafa, um pilão com cera de abelha. E disse para o rapaz:

— Fuja daqui para muito longe. Quando ouvir o cã-cã, esconda-se bem, que é minha mãe que está perto. Leve estes paneiros. Se não puder esconder-se, atire-os em cima dela.

O moço agradeceu e partiu. A velha voltou com a lenha e acendeu uma fogueira. Quando as labaredas ficaram altas, ela jogou no fogo a tarrafa. Estranhou não ouvir nenhum gemido. E quando sentiu o cheiro de mel, percebeu que o rapaz tinha fugido. Saiu logo no seu rastro.

Cansado de correr, o moço deitou-se debaixo de uma árvore. Nisso ouviu o cã-cã... Levantou-se e fugiu. Mas os gritos aproximavam-se dele, cada vez mais. Lembrou-se então do conselho da moça, e atirou, para trás, um paneiro que se transformou num porco-do-mato. A velha devorou o bicho e continuou a perseguir o rapaz. Outros paneiros foram atirados e outros porcos foram comidos pela velha insaciável.

O rapaz não sabia mais o que fazer. Nesse momento, avistou uns macacos. Pediu-lhes que o escondessem de Ceiuci. Os macacos meteram-no dentro de um pote de mel. A velha apareceu, cheirou, cheirou, e sentindo apenas o odor do mel, foi-se embora.

O moço continuou a correr pelo mato. Já se julgava livre da velha, quando ouviu, novamente o cã-cã... Viu, perto, uma enorme cobra e pediu-lhe proteção. A serpente o escondeu na sua cova. Mas o rapaz ouviu-a dizer à sua companheira:

— Deixa a velha passar e vamos nós comê-lo.

O rapaz saltou para fora e pediu auxílio ao cauã. Este com uma forte bicada matou as cobras.

O rapaz agradeceu ao cauã e partiu. Daí por diante, não ouviu mais o cã-cã. Depois de muito caminhar, chegou à beira de uma grande lagoa. Conseguiu atravessá-la, graças ao auxílio de um tuiuiú, que o carregou no bico.

Já era noite. Cansado da longa viagem, o rapaz deitou-se sob uma árvore e dormiu profundamente. Quando acordou, o sol brilhava no céu. Levantou-se e seguiu pela margem de um riacho. Pouco depois, viu uma casinha branca e, perto dela, uma velhinha plantando mandioca.

Aproximou-se e cumprimentou a velhinha. Ela deu-lhe de comer. Depois, o moço contou a sua história. Então, a velhinha reconheceu nele o seu filho desaparecido há muitos anos. Saíra muito jovem e estava agora de cabelos brancos.

Desse dia em diante, os dois viveram tranquilos e felizes.

A MULA SEM CABEÇA

Dizem que, há muito tempo, existia um rei cuja esposa tinha o estranho hábito de passear, à noite, pelo cemitério. O rei ficou desconfiado com esse passeio misterioso e resolveu, certa noite, seguir a esposa. Chegando ao cemitério, deparou com uma cena horrorosa. A rainha estava comendo o cadáver de uma criancinha que tinha morrido na véspera. O rei não se conteve e soltou um grito de espanto. Vendo-se descoberta, a rainha deu um grito ainda maior e transformou-se, no mesmo instante, em mula sem cabeça.

É assim que alguns sertanejos explicam a origem da primeira mula sem cabeça, monstro horrível que persegue os viajantes descuidados. Daí por diante, muitas mulheres de má conduta passaram também a se transformar em mulas sem cabeça, nas noites de quinta para sexta-feira. E correm, velozes e furiosas, pelas estradas, até o romper da madrugada.

Os cascos afiados da mula sem cabeça dão coices como navalhadas. Os homens e os animais que encontra pela frente são mortos a patadas. De longe, pode-se ouvir o estrondo do seu galope fantástico. Ecoam pelo espaço os seus relinchos furiosos e o ruído de suas dentadas no freio de aço que leva na boca. Mas ninguém conseguiu ainda ver a sua cabeça. Deve ser invisível aos olhos do homem.

Pela madrugada, ao cantar do galo, a mula sem cabeça recolhe-se, cansada, cheia de nódoas de pancadas. Volta então à forma humana. Na sexta-feira seguinte recomeça a sua jornada macabra. Se nessa ocasião, porém, um homem consegue feri-la, de modo que seu sangue corra, quebra-se seu encantamento. Mas, para isso, é preciso muita coragem e valentia.

Um sertanejo destemido esbarrou, certa vez, com uma mula sem cabeça. Não recuou. Enfrentou o monstro e empenhou-se numa luta furiosa. Conseguiu, afinal, feri-la com um chuço. Quebrou-se o encantamento e reapareceu a figura humana. Era uma linda moça. Pertencia a uma das famílias mais ricas do lugar. Ela ofereceu ao rapaz muito dinheiro para que o caso não fosse contado a ninguém. O sertanejo, que não era tolo, recebeu o dinheiro e prometeu ficar calado. Mas mudou-se para muito longe.

A Mãe do Ouro

Em Rosário, às margens do rio Cuiabá, morava há muitos anos um mineiro ambicioso e cruel, cujos escravos eram obrigados a lhe entregar, todos os dias, uma certa porção de ouro.

Um desses escravos, já velho, chamado Pai Antônio, levou uma semana inteira sem encontrar um grão de ouro. Andava ele triste e cabisbaixo, pensando no castigo que ia sofrer, quando viu à sua frente uma linda mulher de cabelos louros.

Perguntou-lhe ela o motivo de sua tristeza, e o preto contou-lhe o castigo que o esperava por não ter achado ouro. Disse-lhe então a bela mulher:

– Vai comprar, para mim, uma fita azul, vermelha e amarela, um pente e um espelho, pois vou ajudá-lo.

O negro velho arranjou, depressa, os objetos pedidos e os entregou à moça. Ela então lhe indicou um lugar onde havia muito ouro. O escravo apanhou a sua bateia e conseguiu recolher uma grande quantidade do precioso metal. Levou-a logo ao seu senhor, livrando-se, assim, do castigo que o esperava. A moça loura proibiu-o, porém, de revelar o lugar onde se encontrava a mina de ouro.

Naturalmente, o senhor do escravo quis saber onde este achara tamanha quantidade de ouro. Mas Pai Antônio recusou-se a dizer o lugar e, por isso, foi cruelmente chicoteado. Todos os dias, ele recebia o mesmo castigo. Não podendo mais suportar tanto sofrimento, implorou à moça que o deixasse contar o segredo ao seu senhor.

A moça, que era a Mãe do Ouro, protetora das minas, atendeu ao pedido de Pai Antônio. E mandou dizer ao dono do negro que levasse vinte e dois escravos e cavasse a mina até o fundo. Os homens cumpriram as ordens da moça e acharam uma rica jazida de ouro com a forma de uma árvore. Eles cavaram, cavaram, mas não conseguiram chegar ao fundo da mina.

No dia seguinte, a moça disse ao velho que, depois do almoço, desse uma desculpa e se afastasse da mina. O negro assim fez. O mineiro e os outros escravos continuaram cavando para ver se conseguiam retirar da terra o tronco de ouro com suas raízes.

Abriram, para isso, um buraco enorme. De repente, tudo ruiu e os homens rolaram para o fundo da mina, sendo esmagados pela avalanche de terra que sobre eles caiu. Assim morreu o mineiro ambicioso e cruel. E Pai Antônio, graças à proteção da Mãe do Ouro, foi salvo e viveu mais de cem anos, tranquilo e feliz.

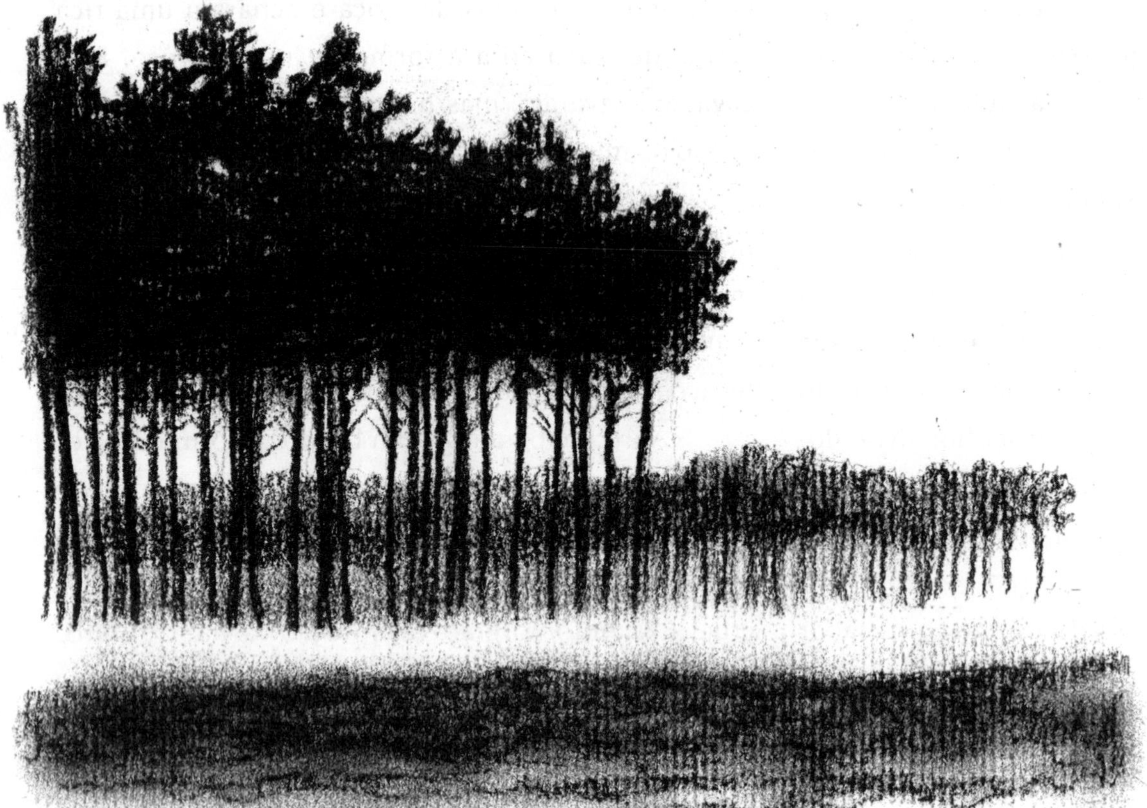